SAID

der engel und die taube

SAID

der engel und die taube

erzählungen

c.h.beck

SAID / e-mail: 1said@gmx.net

 / druck und bindung: pustet, regensburg / gesetzt bei Fotosatz Amann, Aichstetten / gedruckt auf säurefreiem, alterungsbeständigem papier (hergestellt aus chlorfrei gebleichtem zellstoff) / printed in germany / isbn 3 406 57693 5 / *www.beck.de*

für madame f.

allein, genügt es nicht,
daß du der schein bist,
um ein herz zu entzücken,
das vor der wahrheit flieht?
charles baudelaire

inhalt

ich kann mich genau an den tag meiner einschulung erinnern. wir wohnten damals im süden irans. die nachbarskinder waren araber. wir spielten auf der straße. zu jener zeit gehörten die straßen uns. eines der kinder hatte von seinem bruder einen alten fahrradreifen bekommen. jeder von uns hatte einen stock in der hand und lenkte damit den reifen quer über die straße. plötzlich tauchte mein vater auf: «morgen wirst du eingeschult.» und es war vorbei mit der herrlichkeit der straße.

am tag darauf brachte mich der vater hin und übergab das kind dem direktor. dieser teilte uns in verschiedene klassen ein. dann erschien die lehrerin. die kinder standen auf; das hatte uns der direktor vorher eingeschärft.

«setzen!» sagte die lehrerin und fing in der ersten reihe an, mit mir. «wie heißt du?»

das kind stand auf und sagte: «ich ...»

weiter kam es nicht; eine schallende ohrfeige unterbrach seine rede.

«das wort ‹ich› gibt es in der schule nicht. du sagst immer ‹wir›. verstanden?»

alles ging plötzlich; niemand warnte das kind. nun war es zu einem wir geworden. wenn das kind zur toilette mußte, hob es die hand und sagte: «frau lehrerin, wir müssen.»

pluralis modestiae, lernt das kind später. das kind sollte lernen, die gemeinschaft sei wichtiger.

 jahrzehnte später versuchte ich, den sinn dieser maßnahme zu begreifen; nie aber konnte ich mich mit der brutalen form anfreunden, die sie begleitete.

später sind wir nach teheran zurückgezogen. das gymnasium begann; und damit der religionsunterricht. ich gehörte einer liberalen kleinbürgerfamilie an, der die religion nichts bedeutete; entsprechend war auch das gymnasium. der religionsunterricht war am donnerstagnachmittag angesetzt. da freitag der feiertag war, liefen die besten filme am donnerstagnachmittag; das wußten auch die gymnasiastinnen. allein schon deshalb war der religionsunterricht verhaßt. hinzu kam, daß die lehrer fast immer mullahs waren.
«laut gesetz sind religiöse minderheiten nicht verpflichtet, am unterricht teilzunehmen», sagte der lehrer am ersten unterrichtstag und fragte dann, wer von uns einer minderheit angehöre. die halbe klasse stand auf; das kino war nicht weit vom gymnasium.
der mullah wurde skeptisch. bei armenischen namen hatte er ein leichtes spiel. bei juden, bahais und anderen christen war die sache schwieriger; sie hatten gewöhnliche iranische namen. so bestimmte der lehrer, angehörige der minderheiten sollten von ihrer kirche oder ihren religiösen gemeinden eine bestätigung bringen.
da ich keiner minderheit angehörte, durfte ich bleiben, während meine armenischen und jüdischen schulkameraden grinsend die klasse verließen. am samstag erzählten sie dann genußvoll von dem film und von den hübschen mädchen im kino.

nun ist dieses kind inzwischen gealtert und lebt seit vierzig jahren in seinem deutschen exil. sein beruf als schriftsteller bringt es mit sich, daß der mann gelegentlich in den schulen eine lesung hält, was er mit vergnügen tut. denn entgegen allen unkenrufen findet er die kinder intelligent und neugierig und genießt ihre direktheit sehr. mit der zeit aber hat der autor gelernt, daß er die borniertheit der lehrer kaum ertragen kann. sie stellen immer dieselben fragen, ohne auf die antworten einzugehen. so sorgt der autor dafür, daß der verlag in seinem vertrag vermerkt, das gespräch nach der lesung finde ohne die lehrer statt.

herbst 2006. ich habe eine lesung in nagold, in einer gewerbeschule. der verlag nennt mir einen ort, an dem ich aus dem zug aussteigen und dann ein taxi nehmen soll; das soll schneller und bequemer sein. der taxifahrer ist ausländer. auf meine frage, woher er stamme, antwortet er: «kurde, aber aus der türkei.» im hotel empfängt mich eine filipina mit starkem schwäbischen dialekt.
am tag darauf werde ich vom schuldirektor herzlich empfangen. mit viel humor nimmt er zur kenntnis, daß ich die lehrer aus dem gespräch ausgeschlossen habe.
«aber sie haben doch nichts dagegen, wenn sie anwesend sind?»
die lesung findet vor zwei klassen statt. es sind etwa vierzig schüler. vier mädchen mit dem islamischen kopftuch. der deutschlehrer stellt mich vor und setzt sich dann in die hintere reihe zu den anderen lehrern.

14 ich lese den essay «warum ich kein muslim bin». dann bitte ich um wortmeldungen; die kinder sind scheu und trauen sich nicht.

«ich warne euch! wenn ihr keine fragen stellt, dann lese ich weiter!»

die drohung wirkt, zaghaft kommen die ersten fragen.

«was halten sie von gedichtinterpretationen?»

«nichts!» antworte ich.

die schüler johlen; die gesichter der lehrer in der letzten reihe verfinstern sich.

«warum?» will das mädchen mit dem kopftuch wissen. ich erkläre, daß es viele methoden gibt, an ein gedicht heranzugehen; das interpretieren ist die dümmste darunter.

bald taucht die gretchenfrage auf: «glauben sie an einen gott?»

«ja, aber ich weiß nicht, wie er heißt und wo er wohnt.»

«sind sie für das morgengebet?»

«ich habe nichts gegen das morgengebet. aber es soll aus der tagespolitik herausgenommen werden. nicht, daß morgen die spd die wahlen gewinnt und das morgengebet abschafft.»

«wodurch wären sie korrumpierbar?»

ich antworte ungeniert: «durch die schönheit!»

vorsichtshalber meide ich den blick auf die lehrerreihe.

dann fragen die schüler, wie meine arbeitsweise ist. ob ich feste arbeitszeiten habe? ob ich mit meinem beruf glücklich bin? wie die literaturszene in deutschland auf mich reagiert?

ich warte vergebens auf dumme fragen wie: «ist der islam gut?» oder «hat der iran schon eine atombombe?» (als ob ich der militärattaché der islamischen republik wäre.) solche fragen überlassen die schüler den verbildeten erwachsenen.
das gespräch kehrt langsam zur religion zurück. die junge frau im minirock meldet sich:
«also, an einen gott glaube ich schon, aber nicht an diese firma.» fast hätte ich sie umarmt. statt dessen schließe ich die augen und danke meinem rainer maria rilke für seine zeile:
«große, niemals werbende götter»

irgendwann faßt sich eine lehrerin ein herz und fragt, ob sie auch eine frage stellen darf. sie darf.
«was halten sie vom kopftuchverbot?»
die ganze klasse schreit: «aach, bitte!»

nach der lesung beschreibt mir der deutschlehrer den weg zu einem bus, der mich nach herrenberg bringt. von dort soll ich die s-bahn nach stuttgart nehmen und dann den zug nach münchen. auf dem weg zu der busstation frage ich mich, warum politiker – nicht nur in deutschland – sich auch in die kleiderordnung der bürger einmischen wollen.
an der bushaltestelle sehe ich den fahrer, der gerade die vorderhaube putzt.
«cherrenberg? Nein, mein herr!» dann beschreibt mein russe den weg zu dem anderen bus.

dieser busfahrer, ende fünfzig, und endlich ein waschechter schwabe.
bald merke ich, daß der bus praktisch nur von schülern benutzt wird. darunter schwarze, japaner, lateinamerikaner, türken und wieder einige mädchen mit dem kopftuch. sie steigen ein, lärmend und fröhlich, grüßen den fahrer und necken ihn. nun singen die kinder und schreien. der busfahrer steht auf, wirft sich in pose und schreit: «ruhe! ich muß jetzt fahren!»
die kinder antworten im chor: «jaaaaaaaaaaaaa!»
der mann dreht sich zu mir, zwinkert und sagt:
«wissen sie, die haben keine angst vor mir.»

im abiturjahr war herr bagheri unser lehrer für literatur. ein untersetzter mann mit dichtem haar, der bei jedem wetter einen anzug mit weste und krawatte trug. im gegensatz zu den anderen lehrern duzte er uns nie. betrat er das klassenzimmer, standen wir auf.
«wollen sich die herren setzen?» fragte er und neigte leicht den kopf.
der starke aserbaidschanische akzent verlieh seiner stimme ein melancholisches timbre, wenn er lange gedichte aus der iranischen klassik deklamierte.
einmal fragten wir unseren lehrer, ob er nicht einen lebenden lyriker durchnehmen wollte.
«bitte, lassen wir dieses thema!»
wir wußten, daß er jahrelang aus politischen gründen im gefängnis gesessen hatte. schon allein deswegen mied er im unterricht die zeitgenössische poesie mit ihren verfänglichen politischen anspielungen.
eines tages kam herr bagheri herein, bedeutete uns mit einem handzeichen, wir sollten uns setzen, ging zu seinem tisch und schlug das klassenbuch auf. jetzt fuhr er sich mit der hand durch das haar und schaute zum fenster hinaus. schon wußten wir, daß etwas nicht stimmte.
«meine herren, wie sie wissen, ist heute die prinzessin von dänemark gast unseres landes;
seine majestät holt sie ab.» der lehrer begann, auf und ab zu gehen.
unser gymnasium lag an der route zum flughafen. wann immer der schah ins ausland flog oder einen staatsgast

empfing, wurde die straße von soldaten gesäumt. mit ihren gewehren und bajonetten verscheuchten die jungen rekruten die melancholie der teheraner avenues.

ohne uns anzuschauen, sagte unser lehrer: «es ist angeordnet worden, daß die herren sich nach unserer stunde auf die straße begeben und die prinzessin bejubeln.»

«oh ja! die prinzessin soll sehr hübsch sein», entfuhr es spontan einem schulkameraden.

abrupt blieb herr bagheri stehen:

«wie bitte? der herr will sich an die dänische prinzessin heranmachen?»

rot im gesicht, schrie er: «ich rufe gleich den savak an.»

er verließ den raum und schlug die tür hinter sich zu.

das wort savak löste schrecken aus; wir alle hatten immer wieder vom geheimdienst gehört und seinen brutalen methoden – jetzt wagte niemand ein wort zu sagen.

heute weiß ich nicht mehr, wie lange es gedauert hat, bis der lehrer wieder die klasse betrat.

herr bagheri fingerte an seiner krawatte herum und rief den «schuldigen» beim namen.

dieser stand auf, blaß im gesicht.

«ich, habe ich mit dem savak gedroht?»

niemand antwortete.

der lehrer kam langsam auf den schüler zu: «ich entschuldige mich.»

dann ging er rasch zur schwarzen tafel; wir standen auf und applaudierten.

er stützte die hände auf seinen tisch und studierte das klassenbuch. schließlich machte er eine wegwerfende

handbewegung, als wollte er den applaus ersticken, damit ihn niemand hört.
lange nachdem wir uns gesetzt hatten, erklang seine stimme:
«klassensprecher, wiederholen sie bitte, was wir vorige stunde durchgenommen haben!» dann ging er zum fenster und starrte hinaus. dort blieb er stehen, bis der pausengong uns alle befreite.
ohne sich umzudrehen, gab herr bagheri uns ein zeichen.
einzeln und stumm verließen wir die klasse. auf der straße mischten wir uns unter die passanten, die auf den konvoi des staatsgastes warteten.

plötzlich hörte die straße auf, und ich entdeckte hinter mir ein haus. ich hatte keine ahnung, daß es mir gefolgt war. an die tür gelehnt stand ein engel, gelangweilt, und feilte sich die fingernägel. er fragte mich, wonach ich roch.

jasmin oder minze, überlegte ich. minze ist besser. sie vertreibt auch schlangen. und diese weilen oft in der nähe der engel, sagt man.

kaum hatte ich das ausgesprochen, da läuteten glocken.

der engel nahm seine flügel ab, faltete sie ordentlich zusammen, legte sie vor die tür und sagte: «einen augenblick bitte!»

dann verschwand er im haus.

ich überlegte kurz, ob ich die flügel an mich nehmen sollte – zu lange.

die tür ging auf, ein anderer engel trat heraus: «sie wünschen?»

und er streckte die hand aus. wahrscheinlich wollte er mich nur einmal berühren; engel haben zuweilen solche kuriosen wünsche.

ich machte den mund auf, aber hinter mir gurrte eine taube.

ich wandte mich um, die taube flog auf.

als ich mich wieder umdrehte, war auch der zweite engel verschwunden.

ich klopfte an die tür. keine antwort. ich öffnete die tür und stand auf einer brücke. auf der anderen seite der

brücke standen die zwei engel mit meiner taube und blickten herüber. ich wollte grüßen. doch plötzlich kam aus meinem mund eine sprache, die ich nicht verstand.
mein erster gedanke war: wer hat mir das angetan?

meinen ersten paß kaufte mir mein vater. ich war fünfzehn, es war sommer, und ich spielte in der gasse fußball; als tor diente unser garagentor. ich war ein guter torwart, und das aus gutem grund: wenn ein ball durchging und gegen das tor krachte, war mir eine ohrfeige sicher. denn mein vater wollte immer seine ruhe haben.
«komm rein, dein vater will mit dir sprechen!»
«mutter, das spiel ist noch nicht zu ende!»
«du kennst deinen vater!»
er saß auf der terrasse, ein bein ausgestreckt, das andere angewinkelt, und trank seinen tee.
«frau, bringe meinen sohn zur hauptstraße, dort soll er sechs fotos von sich machen!»
«aber wozu braucht mein sohn fotos?»
«ich will meinem sohn einen paß kaufen.»
noch bevor meine mutter etwas sagen konnte, schrie er: «das verstehst du nicht, frau. er ist mein sohn; darum bekommt er einen paß.» dann winkte er ab. meine mutter nickte mir zu; ich stand auf und folgte ihr in die küche.
«ich weiß auch nicht, was er ausbrütet. wir machen erst die fotos; dann sehen wir weiter.»
sie holte einen kamm, hielt ihn unter den wasserhahn und kämmte mich, bis sie zufrieden war; dann zupfte sie zweimal an meinem hemd.
«mutter, bitte erzähle niemandem in der gasse von den fotos.»

der fotograf setzte mich vor ein schwarzes tuch, griff in seine gesäßtasche, holte einen kamm heraus, hielt ihn unter den wasserhahn und kämmte mich, bis er zufrieden war; dann zupfte er zweimal an meinem hemd. «jetzt keine bewegung mehr!» und er verschwand hinter der kamera.
am tag darauf holte meine mutter die fotos ab; mein vater schien zufrieden zu sein. er zog seinen sonntagsanzug an, zwirbelte seinen schnurrbart, setzte den hut auf und ging voraus, bis er vor einem großen gebäude stehenblieb. vor dem tor standen zwei soldaten mit einem gewehr samt bajonett. mein vater flüsterte leise mit einem der beiden. dieser zeigte mit dem kopf auf den anderen. mein vater flüsterte mit dem zweiten und steckte ihm einige geldscheine zu. der zog an einer kordel, die neben ihm hing; ein unteroffizier erschien, feist, mit hängendem schnurrbart. der soldat salutierte und flüsterte ihm etwas ins ohr. dieser nickte und befahl uns mit einer handbewegung, ihm in den hof zu folgen. dort wies er auf die vielen händler und ihre stände.
«mein sohn, welche farbe willst du?»
ich verstand nichts.
«welche farbe willst du für deinen paß?»
«baba, was ist ein paß?»
mein vater drehte sich um und hob die hand:
«du hundesohn, ich fragte, welche farbe?»
«grün.»
«bleib hier stehen!»
«baba!»

«was ist?»
«der paß soll in meine gesäßtasche passen.»
ich bekam eine ohrfeige, mein vater ging zu den händlern und fing an zu schachern. nach einer weile kam er mit einem paß zurück. die farbe stimmte, doch er war zu groß für meine gesäßtasche; aber ich sagte nichts. wir gingen zurück zum tor, der feiste unteroffizier erschien, nahm alles und ging. der soldat sagte: »geht einen tee trinken; es dauert.»
ich folgte meinem vater bis zur nächsten teestube. er wies mir einen platz neben der tür an, ging selbst bis zur mitte des lokals, setzte sich und wartete, bis der besitzer zu ihm kam. dann schrie er so laut, daß selbst leute auf der straße ihn verstanden:
«heute habe ich meinem sohn einen paß gekauft!» er wartete eine weile, um den eindruck zu genießen, den er hinterlassen hatte.
«bring meinem sohn einen einfachen tee und mir einen großen starken!»
einige drehten sich um und schauten mich an; mein vater genoß die aufmerksamkeit und seinen tee. wie viele gläser er getrunken hat, weiß ich nicht; ich habe nur eins bekommen. gegen mittag stand er auf, zahlte und ging hinaus; ich folgte ihm. der unteroffizier erschien mit dem paß in der hand, gab ihn meinem vater und winkte ab. es fehlte nur noch, daß er uns einen arschtritt gegeben hätte.
zu hause setzte sich mein vater auf die terrasse und rief:
«frau, mein sohn hat jetzt einen paß!»

«was steht drin?»
«frage deinen sohn! wozu habe ich ihn in die schule geschickt?»
«hier steht, mein name ist grün, aber ich heiße gar nicht so ...»
ich fing mir wieder eine ohrfeige ein.
«frau, dieser hundesohn ist nichts wert; und ich kaufe ihm einen paß.»
am tag darauf stand in der früh ein offizier vor unserer tür:
«wohnt hier ein grün?»
«frau, herr leutnant will deinen sohn sprechen!»
«geh, mein sohn, du brauchst keine angst zu haben; dein vater beschützt dich.»
ich ging zur tür und versteckte mich halb hinter meinem vater.
«also grün ...»
ich unterbrach ihn: «aber ich heiße gar nicht so ...»
ich bekam eine ohrfeige, und mein vater hielt mein ohr fest im griff. der offizier schrie: «du wolltest einen grünen paß; also heißt du auch grün.» er legte eine kleine pause ein. dann brüllte er so laut, daß alle tauben vom dach unseres nachbarn zum himmel aufflogen: «verstanden?»
«hast du verstanden, du hundesohn?» es war mein vater.
«ja, herr leutnant!»
«morgen früh um sechs uhr wirst du abgeholt. mitzunehmen: zahnbürste, zahnpasta, seife und ein handtuch. ach ja, und zwei warme pullover; der norden ist sehr kalt.»

«der norden?» fragte ich leise.
«sei froh! es gibt sehr viele menschen, die nach norden wollen.»
«frau!» rief mein vater, nachdem er sich auf die terrasse gesetzt hatte.
«hast du gehört? mein sohn kommt nach norden!»
am nächsten morgen weckte mich meine mutter mit verweinten augen und drückte mir ein glas tee in die hand. mein vater stand abseits und schaute geflissentlich weg. herr leutnant durchsuchte meine tasche: «zahnbürste, zahnpasta, seife und ein handtuch. was? drei pullover? nur zwei sind erlaubt!»
da warf sich meine mutter ihm beherzt zu füßen:
«herr leutnant, ich flehe sie an, der norden ist kalt; haben sie erbarmen mit meinem sohn!»
dieser ließ sich zeit und sagte dann gravitätisch:
«na, diesmal will ich ein auge zudrücken!»
meine mutter stand auf, küßte herrn leutnant die hand, nahm mich geschwind in die arme und weinte. mein vater befreite mich aus ihren armen, hielt mein linkes ohr fest und schaute mir in die augen: «kopf hoch, junge! bring keine schande über meinen namen!»
ich saß im jeep hinter herrn leutnant, hielt meine reisetasche fest und dachte daran, daß wir am nächsten tag ein wichtiges fußballspiel hatten. der jeep raste durch die stadt, bis wir das tor von gestern ereicht hatten. die soldaten salutierten, der leutnant nickte, und wir fuhren durch. kaum waren wir aus dem jeep gestiegen, erschien schon der unteroffizier, feist, mit hängendem schnurr-

bart. er ergriff meinen arm, zog mich hinter sich her, ins gebäude und dann in den keller. irgendwann blieb er vor einer eisentür stehen.
er öffnete sie mit einem großen verrosteten schlüssel und winkte mich heran.
«siehst du, mein junge, am ende dieses tunnels ist der norden!» er gab mir den paß und schloß die tür hinter mir. jetzt konnte ich nur vorwärts gehen. ich ging und ging, aber der tunnel hörte nicht auf. irgendwann wurde ich müde; ich kauerte mich an die mauer und schlief sofort ein.
ich wachte auf, weil ein sonnenstrahl sich auf mein gesicht verirrt hatte. dem licht nach, dachte ich. zu meiner überraschung hörte der tunnel auf: ich war im norden. die häuser waren groß und sauber, die menschen auch, und niemand beachtete mich. an der nächsten kreuzung setzte ich mich auf eine bank und fragte mich, ob ich mich im norden je eingewöhnen würde.
ich gewöhnte mich ein. bald sprach ich recht gut nordisch, hatte eine arbeitsstelle und ein sauberes, kleines zimmer.
doch eines tages um sechs uhr in der früh klopfte jemand leise an meine tür. es war ein leutnant, und der fragte sehr höflich nach meinem paß.
«aber sie haben einen grünen paß!»
ich verstand nichts.
«wer einen grünen paß hat, der muß nach osten!»
ich schaute ihn nur an.

«ich komme sie morgen früh um sechs uhr abholen. einverstanden?»
ich nickte.
«nehmen sie bitte folgende sachen mit: zahnbürste, zahnpasta, seife und ein handtuch. ach ja, und zwei warme pullover; der osten ist recht kalt.»
der leutnant kam um sechs uhr, salutierte und nahm mich in seinem bequemen dienstauto mit. irgendwann hielt er vor einer kleinen unscheinbaren tür an, gab mir meinen paß und sagte:
«wenn sie hier durch die tür gehen ...»
«ich weiß, herr leutnant, dann kommt eine treppe. ich gehe die treppe hinunter ...»
«na, also, herr grün! sie kennen sich ja aus. ich wünsche ihnen eine gute reise!»
ich stieg aus dem auto, ging durch die tür, die treppe hinunter, bis ich vor einer holztür stand. kaum drückte ich gegen sie, schon ging die tür auf, und ich sah wieder einen endlosen tunnel vor mir. und ich fing wieder an zu gehen.
ich weiß nicht, wie lange ich ging, bis ich ein pfeifen hörte. ich blieb stehen und schaute mich um: hinter mir stand eine dicke alte frau. sie hatte weißes haar und ein kleid aus vielen farben.
«ich bin frau hundertfleck.» sie lächelte und zeigte ihren goldzahn.
«du kommst vom süden?»
ich nickte.
«die schickten dich durch einen tunnel nach norden?»

ich nickte.
«und jetzt schicken die dich durch diesen tunnel nach osten?»
ich nickte.
«und die werden dich durch einen anderen tunnel nach westen schicken.»
«woher wissen sie das alles?»
«siehst du diese flecken an meinem kleid? jeder hat so eine geschichte.»
ich schaute sie an, und sie begriff, daß ich ihr nicht glaubte.
«solange du einen paß hast, wirst du hin und her geschoben!»
das leuchtete mir ein.
«hör zu, ich habe einen plan.»
als sie geendet hatte, schaute sie mir in die augen: «na?»
ich nickte, und sie drückte mir eine kleine rote pille in die hand und schärfte mir ein, diese ja pünktlich zu nehmen. und ich ging weiter.
bald sah ich licht am ende des tunnels, dort warteten zivilisten in adretten anzügen. ich nahm die pille ein und ging auf sie zu. als ich in ihrer sichtweite war, holte ich meinen grünen paß heraus und begann, ihn zu essen. die zivilisten liefen auf mich zu, als sie mich aber festhielten, hatte ich gerade den letzten bissen von meinem paß geschluckt. wir fuhren mit blaulicht ins krankenhaus. am eingang stand ein arzt, der uns in ein sauberes zimmer begleitete. kaum angekommen, mußte ich; die pille wirkte bereits. ich ließ die hosen runter, ging in die hocke

und entleerte mich auf das parkett. die anwesenden versammelten sich um mich, hielten sich die nasen zu und beobachteten genau, wie ich mich entleerte. offensichtlich hofften sie, daß mein grüner paß zum vorschein käme. der arzt wühlte mit einer metallsonde in meinem stuhlgang und schüttelte verzweifelt den kopf.
schließlich durfte ich mich säubern und sogar duschen.
«da sie keinen paß haben, müssen wir sie erst einmal dulden; später sehen wir dann weiter!»
ich bekam mein duldungspapier, verließ das gebäude, schlenderte herum und überlegte, was ich tun sollte.
plötzlich hatte ich die erleuchtung: ich könnte meine bereits erworbene fähigkeit professionell einsetzen. ich bin ja inzwischen gewissermaßen ein staatlich geprüfter paßverzehrer. und es mangelt bestimmt nicht an menschen, die ihren paß dringend loswerden müssen. und nicht jeder kann sich mit dem geschmack seines passes abfinden. das ist überhaupt die marktlücke!
ich setzte mich auf eine bank und begann, über meine erfolgreiche zukunft nachzudenken. vorsichtshalber holte ich mein duldungspapier aus der tasche und steckte es in den mund. ich kaute bedächtig und malte mir genüßlich aus, welches schild ich über mein geschäft hängen würde.

monsieur murmelstein

(für ilja richter)

seit er entlassen worden war, hatte er nur ein ziel: lügen. denn er hatte angst vor seiner eigenen geschichte. er hatte angst, seine wahrheit würde zu sandpapier und riebe ihn völlig wund. er wußte, gegen diese angst half nur die lüge.

er hatte nichts mitgenommen von jener zeit, von jenem ort; keine kleider, keine erinnerung. nichts. außer einem kieselstein. vom appellhof, am tag der befreiung. dieser stein müßte alles gehört haben, hier. er hatte den stein lange angeschaut, bis er einen namen für ihn gefunden hatte. seither trug er ihn bei sich. wann immer ihn die kraft zum lügen verließ, steckte er die hand in die tasche, griff nach dem trauerstein und fand die verlorene kraft wieder.

im feldlazarett, bei den ersten befragungen der alliierten, verschwieg er alles, bis auf die angaben zur person. er sei noch nicht soweit, sagte er sich, er wisse, wann er beginnen müsse. er brauche diese zeit des schweigens, um distanz zu gewinnen – für seine zukunft. er aß wenig, trank viel wasser und schlief, solange es ging.

er kehrte in seine stadt zurück, allein; nur diese stadt kam für ihn in frage. er kämpfte solange, bis er seine wohnung zurückbekommen hatte. sie war ihm zu groß ohne seine frau. doch er wollte in seine wohnung einkehren. er wollte nie mehr weg. nie mehr packen und gehen müssen. er wollte bleiben. er glaubte, nur so könne er seine mission erfüllen. er brauchte diese wohnung, er brauchte jene nachbarn. jene, die ihn denunziert, die dann seine wohnung besetzt hatten. in seiner abwesenheit vorgewärmt hatten, wie er sich sagte. er brauchte sie.

als alle bürokratischen gänge erledigt waren, schloß er sich für zwei tage und zwei nächte in seiner wohnung ein. die wohnung war noch nicht eingerichtet. er meinte, er brauche kein mobiliar. er brauche noch die kahlheit. er brauche die wände, er brauche das weiß.
er aß nicht, trank nicht, betete nicht – er hatte nie in seinem leben gebetet. er legte sich auf den boden und deckte sich mit seinem mantel zu.
er schlief kaum. er kämpfte gegen die bilder in seinem kopf. als diese zu siegen drohten, griff er auf einen alten trick zurück, den er seit der kindheit kannte. er rief sich noch ältere bilder ins gedächtnis. bilder aus der zeit vor dem grauen. bilder aus der zeit, als er seine frau kennengelernt hatte. er ging noch weiter zurück – bis zu seiner kindheit. von bild zu bild. zu seiner unbeschwerten kindheit. erst als er hier angelangt war, fiel er in schlaf.
am tag darauf brach er auf. er fuhr in ein anderes land. ein land, in dem alles billig zu haben war. dort fand er einen alten tätowierer, dem er viel geld bot. der befreite ihn von der nummer auf seinem linken arm. der tätowierer zog ihm die haut vom fleisch. die nummer mußte lesbar bleiben – so war die abmachung.

«die haut wächst nach», sagte der tätowierer, «so ist der mensch.» er verarbeitete die haut: er enthaarte sie, glättete sie, bis sie geschmeidig und durchsichtig, bis sie zu pergament wurde.

monsieur murmelstein nahm seine haut und kehrte nach hause zurück. dann besorgte er sich eine dünne kapsel aus bakelit, rollte seine haut zusammen, steckte sie in die kapsel, verschloß sie fest und legte sie auf den boden im wohnzimmer. nun ging er ans fenster und schaute hinaus, solange er konnte. schließlich drehte er sich um, lehnte sich an das fenster, breitete die arme aus und legte sie auf den sims. er sah an sich hinunter; sein blick blieb an den schuhen haften. ohne seinen platz zu verlassen, schlüpfte er aus den schuhen, ging einen schritt nach links und betrachtete sie, bis ihm klargeworden war: er würde keine schuhe mehr brauchen. dann entledigte er sich seiner socken und warf sie zu den schuhen.
er ging in die apotheke und holte sich vaseline. er rieb die kapsel gut ein und steckte sie dann behutsam in seinen after. er ging im zimmer auf und ab, setzte sich auf den boden, legte sich auf den rücken, ging hinaus, setzte sich in ein café, auf einen stuhl. die kapsel blieb in seinem after.

am tag darauf kaufte er als erstes ein messingschild für seine wohnungstür. darauf stand:
monsieur murmelstein.

dann richtete er seine wohnung ein, so schlicht wie möglich. den spiegel im bad verhängte er.
er meinte, spiegel könnten nicht mehr neutral sein. er beschloß, auf dem boden zu schlafen, um die alte gewohnheit nicht zu verlieren, die ihn in den letzten jahren begleitet hatte. er ließ an der wand, links neben der matratze, ein schmales holzbrett anbringen. sehr niedrig, so daß er jederzeit hingreifen konnte, ohne aufstehen zu müssen.
in der ersten nacht holte er seine haut heraus, glättete sie, betrachtete sie und vergewisserte sich, daß die nummer lesbar war. er legte sie auf das brett und betete zu ihr. er hatte noch nie gebetet; doch er hatte gesehen, wie man betet. er nahm ein handtuch, irgendeins, breitete es um seine schulter, ging in die knie und betete – zu seiner tätowierung. er erzählte ihr von seiner frau. auch rief er sie beim namen. er wußte natürlich, für das kaddisch braucht man zehn männliche personen, aber er brauchte jetzt niemanden mehr. er betete, bis er in seinen kleidern in schlaf fiel. den tag darauf erklärte monsieur murmelstein zu seinem geburtstag.

alsbald arbeitete er als vertreter, er verkaufte seife, kernseife – barfuß. er ging von tür zu tür: «ich bin monsieur murmelstein und verkaufe seife. seife braucht man immer, nicht wahr?» dann log er. vom krieg, von der gefangenschaft, von seiner verwundung. und er sprach auch von seinem vaterland, auch von den nöten der menschen. wenn ihn jemand fragte, wie er denn richtig heiße, antwortete er, er heiße nur monsieur murmelstein. seinen vornamen habe er unterwegs verloren – auf der flucht.

monsieur murmelstein verkaufte nicht nur seife, er lebte auch davon. er aß seife und behauptete, sie sei gut für den stuhlgang, er könne dann auch gut schlafen; und er trank viel wasser. seife und wasser, geregelter stuhlgang und genügend schlaf – das ist alles, was der mensch braucht.
er behauptete auch, nachts, seiner tätowierung gegenüber, seife halte sein gedächtnis frisch. dieses brauche er, um zu lügen. dazu sei er verpflichtet. allein schon seiner frau wegen, allein schon dieser einen person wegen.

abends kam er nach hause, zog die schuhe an, legte sich das handtuch um die schulter und betete – zu seiner haut. manchmal sprach er auch zu einem gott, zu irgendeinem.
«herr, ich bin nicht gerecht, ich weiß; denn ich lüge ausnahmslos. aber ich kann nicht mehr unterscheiden. zuviel seife ist dazwischengekommen.»
monsieur murmelstein lief seit seiner rückkehr barfuß und meinte, er könne barfuß besser lügen. nachts, wenn er allein war, trug er schuhe. er schlief auch mit schuhen – wer wußte schon, wann der nächste transport kam.

er meinte, seit er entlassen worden sei, brauche er keinen wirklichen ort. er sei ortlos geworden. und er fand dies seinem schicksal gemäß. seit er entlassen worden sei, stünden überflüssige schatten neben ihm, ortlos gewordene. seit er entlassen worden sei, lüge er. bis seine lügen einen ort für die wahrheit gefunden hätten – zwischen seife und vernunft.

wer zerrissenes nicht lieben kann, der kann nicht lieben – meinte er. und er betete zu seiner tätowierung. sie möge ihn lange leben lassen – auf daß er lüge. er log und achtete nicht darauf, was die leute erzählten. er hatte beschlossen, taub zu sein.

und er log so lange, bis ihm seine zunge nicht mehr gehorchte. er konnte keine wahren sätze mehr sprechen. nachts, wenn er mit seiner tätowierung allein war, mit seiner frau; auch hier log er. er belog seine frau und auch seine haut, die nun auf dem holzbrett lag. er log in bildern. so viele bilder, die sich bedingten. und mit jedem bild entfernte sich monsieur murmelstein von sich selbst. bis er am ende nicht einmal mehr sicher war, ob seine frau ihn wiedererkennen würde.

sonntags ging er in den zoo, barfuß. er kaufte so viele nüsse, wie er konnte, setzte sich vor den affenkäfig und gestand ihnen flüsternd seine lügen. zuweilen murmelte er auch von seiner frau und verriet gelegentlich ihren kosenamen. er meinte, den affen könne er das verraten.

eines tages, an einem sonntag, im frühling, kam monsieur murmelstein wieder in den zoo, mit einer tüte voller nüsse in der hand, barfuß. und er sah, daß die affen auf ihn warteten. sie freuten sich über ihn; als ob sie seine geschichten bräuchten.

er blieb vor dem käfig stehen und starrte auf die schreienden affen. dann legte er die tüte mit den nüssen auf die erde, drehte sich um und verließ den zoo.

danach beschloß monsieur murmelstein, überhaupt nicht mehr zu sprechen.

anfang der neunziger jahre. lesung in einer stadt im ruhrgebiet. ich lese aus meinem buch «der lange arm der mullahs». ein kleiner saal. etwa vierzig zuhörer. während ich vorgestellt werde – wie immer wortreich und umständlich –, beäuge ich das publikum; seit jahren habe ich mir das zur pflicht gemacht. heute fällt mir eine junge frau in der ersten reihe auf.
kurzes schwarzes haar. schlanke figur. die gesichtszüge kräftig. eine große nase. volle lippen. schwarze, lebendige augen, die unaufgeregt dreinblicken. etwa dreißig jahre alt. sie sitzt ruhig, die beine übereinandergeschlagen, und schaut mich an. ich bin sicher, sie ist iranerin. ich nicke mit dem kopf – sie nickt auch. während der lesung beugt sie sich nach vorn, hört aufmerksam zu, sehr gespannt, ohne geräusche oder unruhe zu verbreiten.
ich ende mit dem brief an einen kommunistischen freund: «nun bist du hingerichtet.» ein text, der mir sehr nahegeht. als ich fertig bin, atme ich durch, nehme die brille ab und lege sie auf den tisch. ich horche in den applaus, taxiere das publikum, indem ich von einem gesicht zum anderen schaue. ich beginne mit meiner iranerin. sie sieht mich direkt an, ihr blick ist voller spannung. ich beende meine wanderung wieder mit ihr. sie schaut mich diesmal gelassener an, hat sich wieder zurückgelehnt. ich beschließe, ihrem blick standzuhalten. etwas wie eine zaghafte zärtlichkeit liegt in diesem blick, wie eine geheime zustimmung. nach einer weile senkt sie die augen.

sie wischt ein staubkorn von ihrer hose, hebt den blick, schaut in die runde und sieht mich wieder an. mit einem veränderten blick. die spannung ist gewichen.
ich bin sicher, daß sie sich jetzt meldet. sie tut es nicht. ich beantworte die fragen, die zum teil sehr persönlich sind, so ehrlich, wie es mir meine kräfte erlauben. dann ist schluß. ich stehe auf und trinke einen schluck wasser. jetzt habe ich meine arbeit getan. der schluck, den ich nehme, ist mein lohn. ich stelle das glas auf den tisch, knipse die tischlampe aus und verneige mich vor dem publikum. schon steht sie vor mir.
«ich möchte mit ihnen sprechen.» sehr uniranisch. kein lob. kein «sie sind der stolz unserer nation». sie kommt direkt zur sache.
«sie meinen jetzt?»
sie schaut mir direkt ins gesicht, schüttelt den kopf, ordnet mit der linken hand das haar und sagt: «ich will mit ihnen allein sprechen.»
nun meldet sich meine paranoia, die damals noch stärker war als heute. eine schöne frau, die aufmerksam zuhört und mit mir unter vier augen sprechen will. na schön, denke ich und greife in das arsenal meiner vorsichtsmaßnahmen. ich muß jetzt die führung übernehmen. ihr keine initiative überlassen. alles bestimmen. nach meiner art. keine frage offenlassen. «kommen sie morgen früh um neun uhr in mein hotel; wir treffen uns in der lobby. dort können wir ungestört sprechen.»
hotellobbys sind ein sicherer ort. man setzt sich so hin, daß man die damen der rezeption sieht und von ihnen

gesehen wird. und um neun uhr wimmelt es in der lobby von menschen.
«sehr gut, ich bin um neun uhr dort.»
sie hat keine sekunde überlegt. kein einwand. kein gegenvorschlag. zu bereitwillig.
«ich wünsche ihnen noch einen schönen abend.» und sie reicht mir die hand. sie lächelt. klar. sicher. sie drückt meine hand wie eine gefährtin. ich halte die ihre fest:
«sie wissen, wie ich heiße; wie ist ihr name?»
für den bruchteil einer sekunde zögert sie, zum ersten mal. «mina», sagt sie trocken.
«es freut mich, mina!» und ich lasse ihre hand los. sie trägt einen ehering, silbern, schlicht.
«dann bis morgen.» sie hebt die rechte hand ein wenig, winkt kaum merklich, dreht sich um und geht zur tür. hier blickt sie noch einmal zurück, hebt die rechte, diesmal höher, und winkt. dann schreitet sie hinaus.
ich will mit mir wetten, daß sie nicht mina heißt. dazu hat sie zu lange gezögert.
wir anderen gehen in ein lokal. die veranstalterin hat einen tisch reserviert. ich muß etwas essen; vor der lesung darf ich ja nicht. sechs personen begleiten mich. fünf frauen und ein mann. er ist der ehemann meiner gastgeberin. und sie frage ich nun, ob sie die junge iranerin kennt. doch weder sie noch die anderen wissen, wer sie ist. ich wechsle sofort das thema. meine gastgeberin und ihr mann bringen mich schließlich zum hotel. ich denke kurz nach, sage dann den beiden, daß ich mit der jungen iranerin verabredet bin, und tue mein bestes, daß

diese bemerkung beiläufig fällt. es ist klüger – für alle fälle –, wenn die beiden von dem treffen wissen. «eine schöne frau», bemerkt meine gastgeberin. sie strahlt eine so selbstverständliche gelassenheit aus, daß ich fast wieder beruhigt bin.

im hotel nehme ich die lobby in augenschein, weiß bereits, wo ich mich morgen hinsetzen werde. mit dem rükken zur wand. das gesicht zur tür. in sichtweite, ja in reichweite der rezeption. nur einige schritte bis zum lift. von hier aus würde ich alles unter kontrolle haben. ich bin mit mir zufrieden und fahre mit dem aufzug hoch. im zimmer bin ich nicht mehr zufrieden. habe ich alle sicherheitsmaßnahmen berücksichtigt? eigentlich habe ich gar keine maßnahmen getroffen. daß meine gastgeberin von diesem treffen weiß, reicht ja nicht. ich öffne das fenster, atme die frühlingsnacht ein, genieße die lichter und denke nach.

ich setze mich hin und schreibe auf ein blatt mit dem briefkopf des hotels, daß ich morgen früh um neun uhr in der lobby mit einer jungen frau verabredet bin, von der ich nur weiß, daß sie mina heißt. ich setze das datum und die uhrzeit darunter und unterschreibe. das blatt in ein hotelkuvert, zugeklebt: an die hoteldirektion. jetzt stecke ich den brief in das mittlere fach meiner reisetasche. sichtbar für jedes auge, das in der tasche nach etwas sucht. dann lege ich mich hin und schaue fern. zu hause besitze ich keinen fernsehapparat. aber nach einer lesung bin ich zu müde zum lesen, zum schlafen zu aufgekratzt. ich wechsle den kanal zu oft. bis ich begreife, daß

ich nervös bin. ich schalte den fernseher ab, richte mich im bett auf und denke nach. ich kann nichts mehr tun. ich schalte den fernseher an und schaue irgend etwas, bis ich einschlafe.
unter der dusche am nächsten morgen überlege ich noch einmal, was zu tun bleibe. als ich zum frühstücksraum gehe, sage ich der dame an der rezeption, ich sei um neun uhr mit einer jungen frau verabredet, die mina heiße. sollte sie früher kommen, möge sie die dame in den frühstücksraum begleiten. noch ein zeuge. jetzt kann ich frühstücken. anschließend eile ich ins zimmer, putze mir die zähne, packe meine sachen, gehe nach unten. meine tasche gebe ich an der rezeption ab. meine hände sollen frei sein. für alle fälle. nach der zweiten zigarette kommt sie. es ist kurz vor neun. ich stehe auf. sie kommt mit ausgestreckter hand auf mich zu:
«bin ich zu spät?»
«aber nein, sie sind überpünktlich.»
ich biete ihr den platz mir gegenüber an. nun sitzt sie mit dem rücken zur tür. sie wirft einen blick in diese richtung, dann schaut sie mich an. sie hat meinen plan durchschaut.
«wollen sie einen espresso?»
«ja, und eine von ihren zigaretten!»
ich zünde ihre zigarette mit einem streichholz an. sie umfaßt mit beiden händen meine rechte, zieht tief an der zigarette, läßt sich zeit und drückt meine hand. sehr iranisch. wenn man eine zigarette im mund hat, kann man nicht sprechen. man drückt statt dessen, anstelle eines

dankeswortes, die hand. ich bin fast glücklich wegen dieser geste. ich schaue zu ihr hinüber und lächle. sie lächelt zurück.

ich gehe zur rezeption, melde der dame, daß mein besuch da ist, und bestelle zwei espressi.

als ich zurückkomme, sage ich: «ich habe heute vor dem frühstück bescheid gegeben, daß eine dame mit dem namen mina mich besuchen wird.» sie soll ruhig merken, daß ich gewisse vorsichtsmaßnahmen getroffen habe. sie nickt.

der espresso kommt. ich muß anfangen, denke ich.

«seit wann sind sie im ausland?» diese allerweltsfrage ist die ouvertüre vieler gespräche mit landsleuten. die frage impliziert: wir kommen alle aus einem land und gehören zusammen. «ich werde ihnen alles erzählen.» und sie drückt ihre zigarette aus. gründlich. dabei visiert sie mich: «ich will ihnen etwas erzählen. etwas von mir. haben sie ein wenig geduld?»

der letzte satz war keine frage; in ihm lag das potential eines befehls. ich muß noch mehr distanz schaffen zwischen uns: «bitte!» sage ich trocken. so trocken wie nur möglich und lehne mich zurück.

«hätten sie gestern abend den brief an den ermordeten freund nicht gelesen, hätte ich sie nicht angesprochen. ich kenne ihr buch sehr genau. manche passagen habe ich mehrmals gelesen. gestern habe ich mir gesagt: ich gehe zur lesung, ich will wissen, ob er diesen brief an den ermordeten freund liest. und wie er ihn liest ...»

eine ahnung schießt mir durch den kopf: «sind sie mit mehrdad farjad verwandt?»
«aber nein!» sie schüttelt den kopf und lächelt. die nächste frage – ob sie kommunistin sei – werde ich nicht stellen. sie käme jetzt zu früh; in einigen minuten weiß ich ohnehin, welcher partei sie angehört. sprache ist verräterisch; die der exiliraner in besonderem maße.
«nein, ich bin nicht einmal kommunistin; ich bin stramm gegen diese partei gewesen.»
sie lehnt sich jetzt zurück und schlägt die beine übereinander. sie hat exakt das an, was sie gestern trug. schwarze kordhose, schwarzen pullover, darüber ein leichter blouson, schwarze schuhe mit niedrigem absatz.
«als die islamische revolution ausbrach, studierte ich chemie im dritten jahr. ich bin in täbris geboren und kam nach teheran, weil die universität dort einen besseren ruf hatte. ich gehörte zur linken wie viele andere studenten. auch mein mann studierte an dieser universität – soziologie. wir gehörten derselben linken organisation an. dort haben wir uns auch kennengelernt und geheiratet. wir verstanden uns gut. er war sehr lieb zu mir. schrieb mir nie etwas vor. er respektierte meine meinung, sehr ehrlich. wir hatten nie probleme.» sie hob ihre rechte und machte eine heftige bewegung zur seite.
«dann kam die islamische kulturrevolution, in deren verlauf die universitäten geschlossen wurden; die neuen herrscher wollten auch die naturwissenschaften islamisieren.»

sie beugt sich vor und trinkt den letzten schluck des inzwischen kalt gewordenen espressos.
«ich wollte nicht zu hause herumsitzen und der verratenen revolution nachweinen. und irgend jemand mußte auch geld verdienen. also fing ich an, in einem chemischen labor zu arbeiten, wo ich in den vorhergehenden jahren ein praktikum absolviert hatte. die geregelten arbeitszeiten waren auch eine schutzmaßnahme. die revolutionsgardisten sahen ungern junge menschen, die am hellichten tag auf den straßen herumlungerten.»
«hat ihr mann auch gearbeitet?»
«nein. er saß zu hause und betrieb seine studien. zudem hatte er konspirative, zum teil sehr wichtige aufgaben unserer organisation übernommen.»
jetzt sieht sie mir wieder fest in die augen: «und es genügte, daß einer von uns arbeitete.»
dieser satz hat keine alibifunktion, nicht aus diesem mund. sie schüttelt den kopf, als ich ihr wieder eine zigarette anbiete.
«dann eines abends, als ich nach hause komme, werde ich verhaftet. ich öffne die tür und werde mit einem ruck hineingezogen. ein revolutionsgardist wirft mich zu boden. mit dem gesicht nach unten. ein anderer setzt sich auf meinen nacken. vier frauenhände durchsuchen meinen körper und meine tasche. ‹sie ist unbewaffnet!› höre ich. der mann auf meinem hals greift in mein haar, steht auf und zieht mich hoch.
‹wer sind sie, und mit welchem recht dringen sie in meine wohnung ein?›

die ohrfeige, die ich bekam, war so gewaltig, daß ich beinahe umgefallen wäre. aber *bruder gardist* hatte ja mein haar fest in der hand.
‹willst du noch mehr wissen von unseren rechten?› er wartet die antwort gar nicht ab und gibt mir noch eine ohrfeige.
‹wo ist dein gigolo von ehemann?›
gott sei dank, er ist also nicht hier und wahrscheinlich in sicherheit, denke ich. die vier frauenhände packen mich von hinten und fesseln meine hände auf dem rücken. wieder eine ohrfeige:
‹ich habe dich etwas gefragt, prinzessin!›
‹ich weiß nicht. ich bin gerade von der arbeit nach hause gekommen.›
‹na schön, auch du wirst reden. was sage ich, reden? du wirst singen, prinzessin, wie eine nachtigall. und deinen gigolo von ehemann werden wir auch finden. weg mit dieser hure!›
ein schwarzer sack wird mir von hinten über den kopf gestülpt. die zwei *damen* schieben mich zur tür. treppe runter. durch die haustür. die vier hände schubsen mich in ein auto. *bruder gardist* schreit: ‹runter mit ihr!›
und ich befinde mich auf dem boden des autos. seine stiefel auf meinem hals.
das auto fährt los. es hat keinen sinn, ich kann unmöglich erkennen, in welche richtung wir fahren. mein mann ist in sicherheit. die gardisten werden zu hause auf ihn warten. aber er ist ein profi. er wird nicht in die falle gehen. ihm wird nichts passieren. ich muß mich jetzt auf

die kommenden fragen konzentrieren. und ich übe verhör, mit mir selbst. das auto bremst, die trockenübung ist zu ende! *bruder gardist* packt mich und wirft mich aus dem auto.
vier frauenhände packen meinen arm und führen mich irgendwohin, der schwarze sack über meinem kopf. eine tür quietscht. die zwei frauen, die mich hierhergeschleppt haben, setzen mich auf einen stuhl und flüstern mit irgend jemandem. ich nehme an, mit meinem verhörer. der sagt laut, man solle meine hände losbinden. dann befiehlt er mir, sie auszustrecken. ich stoße sofort an eine wand. nun sehe ich, woran ich bin. dieses bild kenne ich zu gut, von erzählungen der genossen. ich sitze mit verbundenen augen auf einem stuhl dicht an der wand, der verhörer hinter mir. er fängt väterlich an. ich sei wie seine tochter, ich solle erzählen, was er sowieso wisse, dann käme ich bald heraus. wie alt dieses lied ist, denke ich. so alt wie das verhör überhaupt. so alt wie die menschen, seit sie versuchen, zwischen sich eine vertikale ordnung zu schaffen. der väterliche verhörer will namen. ich sage, ich kenne niemanden außer meinem mann. der mann hinter mir wiederholt seine frage und sagt sanft, er frage nicht noch einmal.
‹na, wird's bald?›
ich wiederhole, daß ich keine namen kenne. auch diese antwort ist alt – so alt wie die frage. die stimme brüllt: ‹raus damit!›
man zerrt mich an den händen, bindet sie hinter meinem rücken zusammen und schleift mich hinaus. die zwei

frauen, die mich mitschleppen, flüstern gleichzeitig in mein ohr:
‹schwester, das wird eine harte nacht!›
dann bleiben sie stehen, eine tür wird geöffnet, und ich höre eine frauenstimme:
‹das eingeschriebene paket ist da!›
ich werde hineingeschoben. stille. ich höre nur menschen atmen. wie viele sind es? die stille und die verbundenen augen verleihen dem raum eine unermeßliche dimension.
‹na, hürchen, wollen wir anfangen?› fragt ein mann, während meine fesseln gelöst werden.
‹brüder, dieses stück kuchen ist für uns alle da!›
mehrere hände reißen an meinen kleidern. erst die bluse. meine hände krampfen sich in den bh. ein harter schlag mit dem gummiknüppel. ich fühle meine hände nicht mehr. dann ist der bh weg.
‹ganz schön üppig, die hure!›
ich hatte eine schwarze kordhose an. ich halte mit beiden händen die hose fest. meine hände werden festgehalten. wie viele hände fummeln an mir? die hose wird heruntergerissen. es folgt der slip. mehrere hände heben mich hoch.
‹auf den operationstisch mit der dame!›
sie legen mich auf den rücken. einer hält den sack über meinem kopf zu. jede hand und jeder fuß ist in festem griff und wird in eine andere richtung gezogen.
‹bruder, bitte fangen sie an, sie sind der älteste!›
ein reißverschluß. jemand spuckt auf etwas. jemand

packt meine hüften fest. ein hartes etwas dringt in mich ein. voller wucht. ich schreie auf und bekomme einen harten schlag in das gesicht. jemand flüstert: ‹halt's maul, du hure, der bruder mag es im stillen.›
ich weiß, nicht der schmerz ist für mich bestimmt, aber die erniedrigung. ich weiß, das ist meine folter. ich weiß, es hat keinen sinn. schreien kostet kraft. ich brauche meine kräfte.
ich halte den mund. irgendwann ist jemand fertig, in mir. er schreit:
‹na, schwester, macht es spaß?›
dann schlägt er mit der flachen hand auf meinen hintern und sagt, gelangweilt:
‹der nächste bitte!› alles lacht. eine andere stimme feixt: ‹brüder, machen wir kreisverkehr. wer von links kommt, hat vorfahrt.›
ich versuche mich aufzurichten. ein fausthieb zwischen meine brüste. ein etwas dringt in mich, wieder. ich halte den atem an. er soll keinen spaß haben. aber er schlägt so hart in meine mitte, daß ich alles geschehen lasse. ich beschließe, nichts zu tun. irgendwann werden die müde. irgendwann werde ich bluten. irgendwann werde ich ohnmächtig.
ich habe hier keine aufgabe. ich muß mir eine aufgabe geben. gegen den schmerz. gegen die erniedrigung. ich muß durchhalten. das ist meine aufgabe. ich muß an etwas denken. an etwas glauben. ich will nicht an meine genossen denken. dabei könnte mir ein name entweichen.

ich denke an meinen mann. daran, daß ich mit ihm, irgendwann, ein kind haben will. ich habe es ihm schon gesagt. wenn es ein junge wird, nenne ich ihn mahmud, nach ihm. sollte es ein mädchen sein, darf er einen namen finden. jemand ist fertig, wieder. er schlägt auf meine hüfte. keine atempause. jemand spuckt auf etwas. es geht wieder los. wie lange kann ich aushalten? wann werde ich endlich ohnmächtig? warum nimmt mich mahmud nicht in seine arme?
immer an etwas anderes denken. gegen den schmerz denken. gegen die erniedrigung. an etwas schönes denken. van gogh. caféterrasse bei nacht. wie sehr mahmud van gogh liebt. van gogh ist gut. er ist unschuldig. er hilft. gegen den schmerz. gegen die erniedrigung. ich muß denken, weit fort von diesen männern, die im namen eines gottes handeln. weit weg! fort! an mahmud denken! er hat eine art, mich in die arme zu nehmen, die ich über alles liebe. dabei küßt er mein haar, sanft, kaum spürbar.
‹brüder! dieses hürchen ist wie eine kassette; man kann sie von beiden seiten gebrauchen!› gelächter. eine flache hand schlägt auf meine hüfte. ‹los!›
mehrere hände packen mich und drehen mich um. ich spüre meine anspannung. und die anspannung der hände, die mich halten. mein kopf ist nun wieder in festem griff. jemand spuckt. diesmal auf meinen hintern. etwas hartes dringt ein. ich denke, jetzt werde ich bewußtlos vor schmerz.
‹brüder, die dame ist noch nicht gelocht.›

er schlägt nun mit flacher hand auf meinen hintern.
‹na, haben wir heute eine premiere, schwester?›
und er schiebt sein etwas noch weiter hinein. ich kann nicht mehr atmen. nicht mehr denken. ich gebe auf. er dringt tiefer.
‹endlich! brüder, dieses loch steht fortan zur verfügung! zum wohl der allgemeinheit!›
er stößt noch einmal hart zu. ich verliere jegliche kontrolle. ich merke, wie etwas mich verläßt. etwas warmes. etwas fließendes. damit ist auch *dieser bruder* fertig. er zieht sein etwas heraus und schimpft:
‹diese hure hat mich beschmutzt.›
dann schreit er: ‹los, brüder, bringen wir der prinzessin benehmen bei!›
die ersten peitschenhiebe zähle ich noch. als ich zu mir komme, liege ich mit verbundenen augen. in meinem urin, in meinem blut, in meinem kot, ich denke an mahmud …»
ich unterbreche sie, schroff: «es genügt! warum erzählen sie mir dies alles?»
sie atmet aus, ruhig, lang; als hätte sie auf diese unterbrechung gewartet.
«einmal muß ich es ja jemandem erzählen.» sie schaut mir fest in die augen.
«haben sie diese geschichte sonst jemandem erzählt?»
«meinem mann!»
die antwort kam zu schnell. «leider!»
eine brüchige stimme verlangt eine zigarette. die augen voller tränen. die hand zittert. jetzt, zum ersten mal. ich schiebe die schachtel zigaretten zu ihr hinüber. ich will

ihr feuer geben. aber sie streckt nur die rechte hand aus. gebieterisch. einen augenblick lang denke ich, sie hat das recht, die hand eines jeden mannes zu verabscheuen. ich schiebe auch die schachtel streichhölzer hinüber. sie zündet sich die zigarette an. lehnt sich zurück. atmet den rauch tief ein, lehnt den kopf auf die sessellehne zurück, schließt die augen, bläst den rauch aus. so bleibt sie. ich beuge mich nach vorn, um meine zigaretten zu nehmen. sie zuckt zusammen – ein tier erwacht. sie merkt, daß ich nur eine zigarette will. sie schaut mir in die augen. «meinen sie, wir könnten noch einen espresso trinken?»
ich stehe auf, gehe zur rezeption und bestelle.
als ich zurückkomme, hat sie sich wieder voll im griff und sieht mich direkt an.
«und wenn der espresso kommt, geben sie mir noch eine zigarette?»
ich schiebe die zigaretten hinüber. an ihrem blick erkenne ich, daß der kellner auf uns zukommt. wir schweigen, bis er fort ist. sie nippt an dem espresso. sie greift zur schachtel. sie zündet sich eine zigarette an. sie inhaliert den ersten zug tief und fängt zu sprechen an.
«irgendwann hörte die folter auf. irgendwann auch das verhör. irgendwann wurde ich einem richter vorgeführt. und irgendwann zu vier jahren verurteilt. ich habe auf nichts geachtet.
nicht auf den staatsanwalt. nicht auf die anklage. nicht auf den richter. und nicht auf meine eltern im saal. seltsamerweise dachte ich, meine eltern wüßten, was mit mir geschehen war. ich wollte ihnen nicht in die augen

schauen. irgendwann waren diese vier jahre vorbei. nein, nicht vier – nach drei jahren und einundsiebzig tagen haben sie mich freigelassen. meine eltern holten mich ab. mein vater hielt mich fest in seinen armen. er streichelte über mein kopftuch. ungeschickt. meine mutter hielt nur meine linke und küßte sie. sie weinte meine hand naß und trocknete sie mit einem taschentuch und schluchzte immer:

‹mein kind, mein armes kind.›

der taxifahrer sagte nichts. nur eines mit rauher stimme:

‹mutter, achten sie auf ihre tochter!›

seine stimme berührte mich seltsam. ich hatte nie geglaubt, daß die stimme eines fremden mannes mich je wieder erreichen könnte. ich kroch noch mehr in die arme meines vaters und wagte einen blick nach vorn in den rückspiegel. sein gesicht war gütig. sein schnurrbart groß und seine augen müde. er hielt meinem blick nur kurz stand, dann drehte er den kopf zur seite. er schaute nie mehr in den rückspiegel und sagte auch kein wort mehr.

als wir die wohnungstür hinter uns geschlossen hatten, nahm ich sofort das kopftuch ab.

mein vater sagte erst jetzt:

‹mahmud ist in deutschland.›

und er streichelte mein haar, jetzt sicherer. er faßte unter mein kinn, hob meinen kopf und schaute mir in die augen. er hat sofort verstanden, daß auch ich nach deutschland flüchten würde – zu meinem mann.

mein vater besorgte geld, er nahm selbst den kontakt zu

einem schmuggler auf, er regelte alles. dann durfte ich eine ganze woche lang zu hause sitzen. zwischen 15 und 17 uhr würde der kontaktmann kommen, an irgendeinem tag. ich müßte reisefertig sein. dann landete ich hier. mein mann war bereits als politischer flüchtling anerkannt. er arbeitete gelegentlich bei einem landsmann als pizzafahrer.»

sie schaut nach links zur hoteltür. sie schaut mich an. nun schaut sie wieder weg. zum zweiten mal. ihre rechte hand zittert. die linke faßt die rechte und versucht sie zu beruhigen. sie schaut immer noch weg. ich wage etwas. ich zünde eine zigarette an und reiche sie ihr.

«eines nachts, ich war glücklich. er hatte mich in seinen armen gehalten und von uns erzählt.

ich fühlte mich stark und gestand ihm meine geschichte. er hielt mich weiter fest. ich weinte nicht. er hörte zu. dann strich er über mein haar. eilig, unbeholfen:

‹laß uns jetzt schlafen!›

danach hat er mich nicht mehr angerührt. ich war keine frau mehr. nur eine genossin. bis ich beschlossen habe, ihn zu verführen. als er endlich in mir war, sagte ich mir, jetzt sind wir wieder ein paar. doch er drehte sich um und sagte nichts. ich nannte seinen namen, streichelte seinen arm. er fuhr herum und schlug mir voll ins gesicht:

‹dir hat es wohl nicht gefallen, du hure.› und er sah mich an.

‹madame sind andere praktiken gewöhnt.›

dann eine ohrfeige, die so kraftlos war, daß sie nur ihm weh tun konnte.»

sie lehnte sich zurück und schaute mich an, für eine weile.
«er ist noch immer mein mann. seither hat er mich aber nie mehr berührt. nicht einmal geschlagen.»
juni 2001

in den achtziger jahren stand akbar einer guerilla-organisation nah. sie waren linksreligiös und kämpften bewaffnet gegen das regime in teheran für einen demokratischen islam.
er wußte, daß ich für diese leute keine sympathien hatte, sowohl ihre ziele als auch ihre methoden waren mir zuwider – dennoch blieben wir freunde. das ging nur, weil wir bei unseren sporadischen treffen bestimmte politische themen aussparten.
irgendwann verloren wir uns aus den augen. sein politisches engagement führte ihn oft nach paris und bagdad; dort hatte seine guerilla ihre zelte aufgeschlagen und fristete ihr dasein von saddam husseins gnaden.
dann, eines tages, traf ich ihn auf der straße. wir verabredeten uns für den nächsten tag.
ich läutete, eine junge frau machte auf, gab mir die hand und bat mich einzutreten.
akbar kam gleich. wir tranken tee und plauderten; ich stellte keine fragen. schließlich begann er zu erzählen. er habe die kontakte zur guerilla abgebrochen. er sei einige male im hauptquartier gewesen und habe praktiken gesehen, die er nicht akzeptieren könne.
ich überlegte lange, bevor ich die frage stellte:
«glaubst du, daß du jetzt repressalien zu erwarten hast?»
«natürlich habe ich in bagdad nichts gesagt. erst von hier aus habe ich meinen führungsoffizier wissen lassen, daß ich nicht mehr dabei bin.»

in der tat, er konnte hier unbehelligt weiterleben. er baute eine import-export-firma auf, betrieb seine geschäfte mit iranischen produkten und kümmerte sich liebevoll um seine nichte.
eines tages erzählte er mir ihre geschichte:
«sie ist die tochter meiner schwester; die war mit einem offizier der panzerbrigaden verheiratet. dann kam khomeini an die macht, und alle sprachen von einem bevorstehenden putsch. der kam bekanntlich nicht, aber mein schwager wurde verhaftet. nach einigen wochen erschien ein revolutionsgardist bei meiner schwester und erklärte, ihr ehemann sei wegen der teilnahme an einem putsch hingerichtet worden. da er ein feind der islamischen republik war, gab es keine beerdigung; er wurde mit anderen putschisten in einem massengrab verscharrt. der mann verbot meiner schwester ausdrücklich eine öffentliche trauerfeier.
meine schwester blieb allein mit der jungen tochter, die größer und immer hübscher wurde, wie du selbst feststellen kannst.»
«war sie in den politischen kampf verwickelt?»
«nein! ihre flucht hat einen anderen hintergrund. eines tages erschien ein junger revolutionsgardist und bat meine schwester um die hand ihrer tochter. meine schwester wies ihn höflich ab: ihre tochter möchte erst abitur machen und an der universität studieren; dann erst komme eine heirat überhaupt in frage.»
«und das hat der bruder gardist geschluckt?»

«natürlich nicht. einige tage später erschien er wieder. er wisse nun, wer der vater gewesen sei und welche rolle er gegen unsere republik gespielt habe. meine schwester wiederholte ihre antwort. der gardist verließ das haus mit dem satz: ‹sie werden von mir hören!›
das war der beginn eines martyriums. mal kam der bruder gardist allein und verhörte meine nichte, mal kamen sie zu dritt und durchsuchten das haus. nun war uns klar, er würde nie lockerlassen. dann habe ich mich eingeschaltet; du weißt, ich hatte gute kontakte. schließlich gelang es uns, die nichte herauszubringen.»
und nach einer pause sagte akbar:
«meine nichte ist nicht vor der islamischen republik geflüchtet, sondern vor einem potentiellen bräutigam.»
wir lachten beide.
«jetzt macht sie hier abitur, dann wird sie zur universität gehen.»
in dieser zeit besuchte ich akbar oft und lernte auch die nichte schätzen. sie war sehr gut erzogen und wortgewandt, und wir verstanden uns. dann kam eines tages der andere schwager akbars zu besuch, der mann seiner jüngeren schwester. ich habe ihn kurz kennengelernt: ein kleiner, sehr nervöser mann.
einige monate später rief mich akbar an, ich solle ihn dringend besuchen.
«ein mann vom landeskriminalamt hat hier angerufen, er wolle mit mir reden – wegen meiner aufenthaltserlaubnis. er hat mit mir einen termin ausgemacht für übermorgen.»

«wo?» wollte ich wissen.
«in einem café in der innenstadt.»
ich riet akbar, seinen paß nicht mitzunehmen und nach möglichkeit sehr wenig zu sprechen.
«kannst du an dem tag bei meiner nichte bleiben?»
«gewiß bleibe ich bei unserer nichte!»
wir lachten beide über den witz.
an jenem tag läutete ich um 15 uhr bei akbar. die nichte öffnete, bot mir einen tee an und übergab mir einen verschlossenen umschlag: «das ist für sie.»
ich brauchte den umschlag nicht aufzumachen, ich wußte, was darin steckte. die nichte und ich spielten zwei partien tricktrack, bis der onkel kam. ich übergab akbar den umschlag:
«hier dein paß.»
«weißt du, was der kerl wollte?»
«deine mitarbeit!»
«ja. aber wie kommst du darauf?»
«ganz einfach. er weiß von deiner tätigkeit bei jener organisation. und er weiß, daß du nicht mehr dabei bist. du bist schutzlos, also erpressbar. aber erzähle du erst mal.»
«nun, er fing von vorn an. er wußte, daß ich oft in bagdad war, wußte auch von meinen reisen nach paris; er wußte überhaupt sehr viel. dann sagte er knapp: ‹ihre aufenthaltserlaubnis läuft ab. entweder sie arbeiten mit uns, oder sie wird nicht verlängert; ihr fall liegt jetzt in meiner hand.›»
wir schwiegen eine weile. dann fragte akbar:

«was machen wir?»
ich nannte ihm einen anwalt, schränkte aber ein, daß seine chance gering sei. denn offiziell hatte das gespräch ja nie stattgefunden. und daß die akte vom kreisverwaltungsreferat beim landeskriminalamt gelandet war, schien ein indiz dafür zu sein, daß eine höhere instanz eingeschaltet worden war. in den nächsten tagen sprachen wir oft darüber. dann meldete sich der kriminalbeamte. akbar lehnte das angebot ab. seine aufenthaltserlaubnis wurde nur um drei monate verlängert.
«sie haben ein klares zeichen gesetzt.»
«ich verstehe», sagte akbar, dann fügte er hinzu:
«ich bin müde, ich glaube, ich fahre nach hause.»
«bist du von sinnen? was der kerl hier weiß, weiß der geheimdienst in teheran auch.»
«ja! aber jeder weiß inzwischen, daß ich der guerilla den rücken gekehrt habe und seither politisch nicht mehr aktiv bin.»
«aber vielleicht nehmen sie dich gerade deswegen in die zange.»
«wir werden sehen.»
ich hakte nicht mehr nach; ich kenne die neigung der iraner zum fatalismus und spürte auch, daß akbar mürbe war.
in der tat begann akbar bald, vorbereitungen zu treffen. die nichte wurde von einer cousine übernommen, und akbar brach langsam die zelte ab. dann flog er nach teheran. zuvor trafen wir eine reihe von maßnahmen – codes, telefonnummern und kontaktpersonen.

aber nichts passierte; er kehrte nach einigen wochen zurück. er wurde nicht einmal ins ministerium gerufen.
«siehst du? vielleicht lassen die mich doch in ruhe.»
«das glaube ich nie!»
«und was glaubst du?»
«daß sie sich zeit lassen.»
«wie dem auch sei. ich bin entschlossen, gänzlich nach teheran zu ziehen.»
dann erzählte er, er habe eruiert, ob er seine geschäfte von teheran aus betreiben könne, schließlich lachte er und sagte:
«überdies gibt es dort jetzt eine gewisse person!»
ich klatschte in die hände: «verdammt noch mal! so schnell geht das.»
«meine schwester hat eine frau für mich gefunden. sie ist lehrerin, nur ein paar jahre jünger als ich und aus guter familie; wir sind jetzt sozusagen verlobt.»
«na dann gratuliere!»
«es gibt nur ein problem.»
«welches?»
«wir wollen in teheran heiraten, meine zukünftige will nicht ins ausland reisen.»
«wo ist das problem?»
«du kannst an meiner hochzeit nicht teilnehmen.»
unwirsch antwortete ich:
«na ja! daran habe ich mich jetzt gewöhnt.»
er wechselte das thema.
nach einigen wochen fuhr akbar wieder nach teheran. wieder trafen wir maßnahmen. wieder passierte nichts. wir scherzten langsam.

«du, die haben dich vergessen!»
«beleidige mich nicht!» sagte akbar.
schließlich flog er endgültig nach teheran.

das alles lag nun jahre zurück. jetzt war akbar in münchen, und wir waren zum abendessen verabredet. er war vor mir im lokal. wir umarmten uns, der wirt brachte wodka, und wir sprachen über dies und jenes, über seine frau und über seine geschäfte, die einigermaßen erfolgreich waren. dann kam er zur sache.
«erinnerst du dich, daß wir gescherzt haben, die hätten mich vergessen?»
«ja!»
«sie haben es nicht. als ich endgültig nach hause fuhr, wurde ich am flughafen teheran daran erinnert. ich gab der grenzpolizistin meinen paß. sie tippte etwas in ihren computer und sagte, ich solle mich im zimmer 11 melden. dort empfing mich ein junger mann: sehr gut angezogen, kein bart, nur ein gepflegter schnurrbart, äußerst höflich.
‹wissen sie, es gibt ein paar fragen. aber jetzt ist es so spät. ich schlage vor, sie fahren jetzt nach hause, zu ihrer schwester. sie wohnen doch bei ihrer älteren schwester, oder? und sie kommen morgen früh hierher. dann plaudern wir ein wenig.›
‹und mein gepäck?›
‹darum kümmere ich mich. übrigens, mein name ist hassan. ich bin für ihren fall zuständig.›

am tag darauf erschien ich sehr früh am flughafen und meldete mich im zimmer 11. dort wußte man nichts. ich nannte den namen hassan.

‹ach, ja! nehmen sie platz, er kommt gleich.›

und er kam gleich.

‹danke, daß sie gekommen sind. da ich nur ein paar fragen habe, die nicht eilen, schlage ich vor, sie nehmen ihr gepäck und fahren nach hause. ich melde mich dann bei ihnen.›

ich fragte, ob er das gepäck nicht durchsuchen wolle.

‹aber ich bitte sie!› er war fast beleidigt.

einige tage später, als ich zu mittag bei meiner jüngeren schwester war, rief mein herr hassan dort an:

‹ich nehme an, sie haben bereits mittaggegessen. wollen wir nicht jetzt einen tee trinken?›

‹wo?› fragte ich.

‹kommen sie aus dem haus und gehen sie zur hauptstraße; ich finde sie schon.›

an der kreuzung zur hauptstraße hielt ein wagen an. hassan saß auf dem beifahrersitz und stellte mir den mann am steuer als einen freund vor.

‹steigen sie ein!›

kaum war ich im auto, als der fahrer befahl:

‹kopf runter!›

ich legte mich quer auf den sitz, und das auto fuhr los. irgendwann hielt das auto an, und ich hörte hassans stimme: ‹bleiben sie ruhig liegen!›

der fahrer stieg aus, verband mir die augen und befahl mir, schuhe und socken auszuziehen. ich legte die socken

in die schuhe, nahm diese in die hand und wurde in ein gebäude geführt.
‹so, wir sind da; sie können die schuhe auf den boden legen.›
ich wurde durch eine tür geführt, und hassan nahm mir die augenbinde ab.
‹sie entschuldigen; eine dumme sicherheitsmaßnahme.›
im zimmer befanden sich nur ein tisch und zwei stühle.
‹legen sie alles, was sie in den taschen haben, auf den tisch.›
hassan warf einen flüchtigen blick auf meine sachen.
‹ich komme gleich wieder.›
er kam fünf stunden später; man hatte mir die armbanduhr nicht abgenommen.
als er dann kam, fragte er: ‹wollen wir einen tee trinken?›
er öffnete die tür und rief nach einem tee.
‹es kann spät werden. wollen sie ihre ältere schwester nicht anrufen?›
und er wählte mit seinem handy die nummer.
wir tranken unseren tee und musterten uns gegenseitig.
er fing an:
‹ich habe eine frage: wie stehen sie zu unserer republik?›
‹ich kann nicht ganz folgen.›
‹nun, ich komme ihnen entgegen. sie denken darüber nach, und wir sprechen das nächste mal darüber. einverstanden?›
mir schmeckte der vorschlag nicht.
‹wann wäre denn das nächste mal?›

‹ach, das hängt von ihnen ab.›
schweigen.
‹aber lassen sie mich noch einige kleine fragen klären.›
dann erzählte er mir, was er alles über mich wußte. meine auftritte, meine reden, meine reisen und meine freunde.»
akbar nahm einen schluck wodka, lächelte und sagte:
«er kam auch auf dich zu sprechen. (er nannte dich bei deinem spitznamen in der diaspora.) mein herr hassan wollte nicht begreifen, daß wir unsere freundschaft über alle politischen differenzen gerettet haben.
er wußte auch von meinen reisen nach bagdad, und er kannte selbst meinen dortigen decknamen, den kannten nur die leute im hauptquartier. nun lehnte sich hassan zurück und genoß die situation:
‹wollen wir nicht eine kleinigkeit essen?›
er verließ das zimmer. ich hatte das gefühl, er wollte mir zeit lassen – wofür auch immer. nach einer weile kam er mit zwei großen sandwichs zurück. nach dem essen sagte er gut gelaunt: ‹also weiter!›
hassan stellte dann sehr konkrete fragen. wo, in welchem postamt in münchen, hatte ich mein postfach? ich nannte das postamt.
‹richtig!› sagte er.
dann fragte er, bei wem ich übernachtete, wenn ich in paris war.
‹aber ich bitte sie. das ist jetzt so viele jahre her. ich weiß es einfach nicht mehr.›
‹ich kann ihnen helfen.›

er griff in seine tasche und holte mein adreßbuch von damals heraus. er legte es auf den tisch und blätterte darin.
‹p für paris ... da haben wir es.›
dann nannte er alle namen in paris, die ich in meinem buch eingetragen hatte.»
akbar sagte jetzt zu mir:
«du erinnerst dich, daß ich dir damals gesagt habe, mein adreßbuch sei verschollen.»
«ja, wir haben sogar gescherzt, deine nichte sei ein spitzel des geheimdienstes.»
»nun saß ich meinem verhörer gegenüber und dachte wieder darüber nach, wie er zu meinem adreßbuch gekommen war.
aber hassan unterbrach meine gedanken.
‹es ist richtig spät geworden. wir hören jetzt auf, und ich bringe sie nach hause.›
wieder die bekannte zeremonie. die augen verbinden, ins auto, dann auf dem sitz hinlegen.
irgendwann hielt das auto an – vor dem haus meiner schwester.
‹bitte entschuldigen sie, daß es so spät geworden ist.› und er reichte mir die hand. er hielt sie so lange hin, bis ich sie drückte. ‹in der anderen sache melde ich mich bei ihnen. ach, übrigens, hier ist meine telefonnummer. meinen namen kennen sie ja. und bitte vergessen sie nicht: dort, wo sie anrufen, ist ein teppichladen. alles klar?›»
akbar machte eine größere pause.
«die sache mit dem adreßbuch ging mir nicht aus dem

 kopf. die ganze nacht grübelte ich darüber nach. in der morgendämmerung kannte ich die antwort: mein schwager.»

«du meinst den, der hier war …»

«der, den du nicht mochtest, weil er so klebrige hände hatte …»

«aber bist du sicher, was du da sagst? das ist eine schwere anschuldigung!»

«weißt du, seit dem ersten tag, nachdem ich zurückgekehrt war, schlich mein schwager um mich herum. und eines nachts hat er dafür gesorgt, daß wir bei ihm zu hause allein waren. er brachte wodka und trank reichlich. dann erzählte er wortreich, daß man ihn zum geheimdienst gerufen und lange verhört habe, nachdem er aus münchen zurückgekommen war.»

wir schwiegen beide.

‹schau!

einmal besuche ich dich in deutschland, und schon bin ich das opfer.

nun verstehe doch endlich, du rindvieh! diese herren haben mich bearbeitet, bevor ich zu dir kam. kapierst du jetzt, daß ich von dieser reise eine trophäe mitbringen mußte?

verdammt noch mal! ich habe eine frau und zwei kinder!›

«so ungefähr könnte mein schwager im klartext gesprochen haben.»

akbar und ich waren jetzt an einen wendepunkt gelangt; ich wechselte das thema.

bevor wir aufbrachen, erzählte er mir, herr hassan habe sich noch zweimal gemeldet und mit ihm gespräche geführt und immer wieder beteuert, ich könne ihn jederzeit anrufen – dort bei dem teppichladen.
ich begleitete akbar bis zur straßenbahn. auf dem weg nach hause ging mir wieder alles durch den kopf. ich habe akbar die frage nicht gestellt, wie er seither mit seinem schwager umgeht. aber warum sollte ich sie auch stellen? ich kann mir die antwort ja denken.
man verdrängt die fakten. man besucht sich gegenseitig. man umarmt sich und küßt sich auf die wangen. man kann ja die eigene schwester nicht verleugnen. man bringt den kindern geschenke. man macht gemeinsam kleine reisen in die provinz. kurzum:
man lebt nebeneinander weiter.

auf meine einladung kommt 1996 der vietnamesische dichter nguyen chi thien zu unserem pen-jahreskongreß in heidelberg.
nguyen ist am 27. februar 1939 in hanoi geboren. mit einundzwanzig jahren veröffentlicht er in der zeitschrift der kommunistischen jugend drei gedichte – diese zünden.
er wird verhaftet und verbringt insgesamt siebenundzwanzig jahre in verschiedenen gefängnissen und konzentrationslagern vietnams.
1978 wird er vorläufig freigelassen. im juni 1979 gelingt es ihm, bis in die britische botschaft vorzudringen. dort übergibt er einem diplomaten eine sammlung seiner gedichte –
mit der bitte um veröffentlichung in der freien welt.
natürlich wird er nach diesem unterfangen sofort wieder eingekerkert. erst am 29. oktober 1991 wird er endlich freigelassen, verbringt dann noch zwei jahre unter hausarrest. dann, am 1. november 1995, darf er ausreisen und läßt sich in den usa nieder. sein erster gedichtband erscheint in mehreren sprachen.

«meine poesie ist keine poesie,
sondern die stimme, nein das stöhnen und schluchzen des lebens,
das quietschen des gefängnistors, finster wie die nacht,
das röcheln zweier zerfressener lungen,
der laut von erdmassen, mit denen man die träume zuschüttet,
das gerassel von schaufeln, die die erinnerungen ausgraben,

das erbärmliche klappern der zähne vor kälte,
das gejammer des leeren magens in seinen hoffnungslosen
zuckungen,
das einsame klopfen des ermatteten herzens,
der schrei der ohnmacht vor tausendfachen zusammenbrüchen.
wahrlich kann man das nicht poesie nennen,
sondern nur die stimme eines ausweglosen daseins.»

nguyen erscheint mit seinem dolmetscher und spricht mich auf englisch an; er dankt für die einladung und für die visa. er hat einen flüchtlingsausweis, einen vorläufigen, und braucht für alle länder ein visum. dann fragt er, wieviel zeit er für seine rede habe.
ich bin geneigt zu antworten: «nguyen, sie haben siebenundzwanzig jahre zeit!»
aber ich erwidere:
«ich bitte sie! sie sprechen, solange sie wollen.»
«nein! ich weiß, daß auf solchen kongressen die zeit knapp ist.»
ich weigere mich, ihm ein zeitlimit zu nennen. schließlich berät er die sache mit seinem dolmetscher.
«ich werde vier minuten sprechen. einverstanden?»
dann bittet er, sich für einen moment zurückziehen zu dürfen, und geht auf die terrasse.
ich sehe durch das fensterglas eine dürre gestalt mit einem maskenhaften gesicht, die unter dem dach steht, eine zigarette raucht und in den regen schaut.
nguyen kommt zurück, nennt mir die eckdaten seiner rede und fragt wieder, ob ich einverstanden sei.

«nguyen! sie können sagen, was sie wollen.»
nach der rede kommen die journalisten mit ihren interviews. zuvor nehme ich nguyen das versprechen ab, mit mir abendzuessen.
«was halten sie vom indischen essen?»
er bestellt reis mit hühnerfleisch und halbiert die kleine portion in zwei exakt gleich große teile; er ißt nur die hälfte. erst nach dem essen, beim kaffee, kommt es zu einem gespräch.
«ich habe im gefängnis englisch gelernt, ohne ein buch, nur mit gefangenen – ich hatte ja viel zeit.»
er spricht sehr wenig von seiner gefängniszeit, und ich frage nicht danach. doch eine frage kann ich mir nicht verkneifen:
«wie haben sie in dieser zeit ihre gedichte aufgeschrieben? ich nehme an, sie haben weder papier noch bleistift bekommen.»
«ich habe sie memoriert.»
dann, nach einer kurzen pause:
«das hat mich am leben gehalten.»
er schaut mich an – ohne eine regung.
«meine gedichte waren meine rettung; ich wäre sonst verrückt geworden.»
jetzt erzählt er, er sei zwei jahre lang in einzelhaft gewesen und jede nacht verhört worden. er habe auf jede frage mit ja oder nein antworten müssen – die machthaber kannten keine dritte farbe.
wurde er auch nach seinen komplizen gefragt? nach seinen gedichten? wußten die folterer davon? ich wage nicht, ihn danach zu fragen. statt dessen fragt er mich.

«haben sie kinder?»
«nein», antworte ich, ich sei zu alt dafür mit neunundvierzig jahren.
«sie irren sich! kinder brauchen reife eltern.»
ich frage ihn im gegenzug, ob er verheiratet sei.
«wann? wann sollte ich das gemacht haben?»
beschämt wegen meiner frage füge ich hinzu, er könne es ja jetzt versuchen.
«ich kann keine frau glücklich machen.»
ich antworte ihm, er werde gewiß eine frau finden, die sich um ihn kümmern werde.
nguyen wird deutlicher: «mein körper ist zu schwach, um ehepflichten zu erfüllen.»
«ich finde sie gar nicht schwach – eher sehr entschieden.»
«sie haben recht; ich bin stark. ich war in all den jahren stark – bis auf einen einzigen augenblick. bei der entlassung. der offizier hielt mir meine akte vor die nase und blätterte sie durch. und ich sah mein foto bei der verhaftung. ich bat ihn, mir dieses foto zu zeigen. er verdeckte mit der hand den rest der seite, und ich starrte auf den einundzwanzigjährigen mann in meiner akte. ich versuchte, ihn wiederzuerkennen; aber er war ein fremder. der offizier fragte mich, ob ich auch mein letztes foto – vor einigen tagen aufgenommen – sehen wolle. ich wollte nicht. er zeigte mir mein jugendfoto noch einmal. da wurde ich schwach und fragte ihn, ob ich das foto haben könne. ‹nein!› sagte er und schlug die akte zu.»

nun wechsle ich das thema und frage ihn nach seinen plänen. wenn er jetzt in die usa zurückkehre, wolle er seine memoiren schreiben, die jahre des gefängnisses.
vielleicht findet nguyen chi thien – dieser botschafter einer zerstörten welt – dabei trost.
beim abschied sagt er zu mir: «wir sehen uns wieder, in teheran oder in hanoi.» dann fügt er entschieden hinzu: «in hanoi. ich glaube, das regime in teheran hält länger aus.»

der gast aus dem süden

(für karin clark, in dankbarkeit für ihre haltung)

marion ruft an. ein gast ist da. er sitzt in ihrem wohnzimmer, trinkt nichts, ißt nichts und will mit mir sprechen.
marion und ich betreuen seit jahren einen gefangenen aus einem arabischen land.
mit einem unbestimmten geschmack auf der zunge fahre ich hin. als ich das wohnzimmer betrete, steht der mann auf und nimmt mich scharf ins visier. er ist groß, hager, ein wenig zu modisch angezogen, volle lippen, gerade nase, kurzes haar und glänzend schwarze augen, als wären sie mit öl übergossen.
ich stelle mich vor – auf englisch. er nimmt mit beiden händen meine hand und drückt sie. ich bitte ihn, wieder platz zu nehmen, und heiße ihn willkommen. ob er einen tee wolle? diesen satz wiederhole ich auf arabisch. seine augen glänzen noch mehr. ja, sagt er auf arabisch und fragt, wieso ich seine sprache spräche. ich erkläre ihm, mein arabisch sei minimal, und bitte ihn, englisch zu sprechen.
marion bringt den tee und merkt die entspannung im raum, sie zwinkert mir zu und geht wieder hinaus.
unser gast stellt sich vor. dann fügt er hinzu, er sei mit nisar verwandt. jetzt ist alles klar.
zuerst hatte das regime seine frau und die dreijährige tochter festgenommen, nisar stellte sich ‹*freiwillig*›, um seine familie zu retten. er wurde von einem militärge-

richt zu zehn jahren gefängnis und zum verlust der bürgerlichen rechte verurteilt. die anklage lautete: verbreitung von «unwahrheiten» und aktivitäten gegen die sicherheit des landes. die ersten zehn monate verbrachte nisar in dem berüchtigten gefängnis, das in den unterirdischen kanälen der hauptstadt eingerichtet ist. seither befindet er sich in einem militärgefängnis in einzelhaft.
nisar ist lyriker, und seine gedichte sind nicht einmal explizit politisch; sie skizzieren die bedrückende stimmung in seinem land allerdings sehr genau.
ich sage zu meinem gast, daß ich hunger hätte, ob er auch etwas essen wolle. er schaut mich nur an. ich gehe hinaus und spreche mit marion, sie schickt mich wieder ins wohnzimmer:
«kümmere du dich um den gast, den rest mache ich.»
brot, käse und oliven kommen; marion hat keinen schinken aufgetischt. wir wissen nicht, ob unser gast religiös ist. als die käsebrote auf dem tisch sind, bitte ich ihn, anzufangen. er sagt auf arabisch ein entschiedenes «la!».
ein wenig ratlos schaue ich ihn an.
«ich esse nur, wenn sie mir versprechen, auch einmal mein gast zu sein – wann immer die lage es erlaubt.»
ich strecke ihm die hand entgegen. wieder nimmt er sie mit beiden händen und drückt sie fest. wir essen schweigend. danach holt er seine zigaretten heraus; ob er hier rauchen dürfe. aber ja, ich rauche auch, wenn er mir eine anbietet. ich nehme eine winston, gebe uns beiden feuer und lehne mich zurück. er dreht die zigarettenschachtel um; zwischen dem festen karton und der dünnen folie steckt ein zettel.

«das ist für sie!»
ich zögere einen moment.
«bitte!» sagt er auf arabisch.
ich greife zur schachtel, hole den zettel heraus und falte ihn auseinander.
«i will never forget you!»
«von nisar.»
«aber ich habe doch nichts getan, nur ein paar briefe ...»
seine rechte hand ergreift meinen arm: «freund ...»
wir schweigen und schauen uns an. dann holt er seine brieftasche heraus, greift hinein und gibt mir das foto eines mädchens. es ist vielleicht elf jahre alt. schwarze zöpfe. dunkle glänzende augen. das lächeln, unschuldig und erobernd.
ich schaue auf meinen gast.
«mona, meine nichte; die tochter von nisar.»
ich lege das foto auf den tisch zwischen uns.
«er hat seine tochter zuletzt gesehen, als er sich damals stellte.»
ich werfe einen blick auf das foto und streiche einmal mit der hand drüber. mein gast lächelt.
jetzt schaut er auf die uhr. er müsse weiter, er habe hier eine zwischenlandung eingelegt, nur um mich zu sehen.
«sie haben versprochen, einmal mein gast zu sein.»
«ich werde an mein versprechen denken.»
dann entschuldige ich mich und verlasse das zimmer mit marion. sofort überfällt sie mich:
«du willst deinem gast geld anbieten?»
«nein, dem gefangenen.»

«das ist stillos.»
«du weißt, welche rolle der euro dort spielt.»
«wieviel?»
das war die bange frage; ich will nicht den reichen onkel aus dem westen spielen.
«fünfzig euro.»
«das ist schäbig!»
«alles andere wäre protzig.»
«aber was sind fünfzig euro hier?»
marion insistiert, bis wir uns auf hundert euro einigen. ich stecke das geld in ein kuvert und kehre zu unserem gast zurück; marion will bei der geldübergabe nicht dabeisein. als ich mich hinsetze, ist das foto noch auf dem tisch.
«erlauben sie?» fragt mein gast und nimmt das bild seiner nichte an sich.
«dieses kuvert ist für nisar.»
«entschuldigen sie, aber ich muß reinschauen. sie wissen, wohin ich fliege.»
er holt den hundert-euro-schein heraus; sein gesicht verrät ratlosigkeit: «aber freund ...»
«bitte! sie müssen es nehmen für nisar – ich bitte sie darum.»
er legt das geld auf den tisch.
«wissen sie, was das geld dort bedeutet?»
ich schaue ihn nur an und bin unsicherer als vorher.
«damit kann nisar drei monate lang auf den gefängnisfraß verzichten und sich vom nächsten restaurant essen kommen lassen.»

«bitte grüßen sie nisar von mir.»
er nickt nur und schaut mich an.
«ich rufe jetzt ein taxi für sie.»
ich verlasse das zimmer, bestelle ein taxi und komme mit marion zurück. das kuvert ist nicht mehr auf dem tisch. schnell vereinbaren wir einige maßnahmen für die zukunft.
«wie lange fliegen sie nach hause?»
«nur fünf stunden.»
mir scheint jene hauptstadt lichtjahre entfernt.
es klingelt: er steht auf, steckt seine zigaretten ein und streckt marion die hand hin.
dann dreht er sich zu mir um.
«sie werden mein gast sein – wann auch immer.»
er umarmt mich.
wir bringen den gast zur tür.

an einem sonnigen tag in den neunziger jahren gehe ich zu fuß zu meinem postfach. damals war meine paranoia noch virulenter, und das blendwerk des exils ließ mich glauben, daß postfächer einen gewissen schutz gegen die mörder der islamischen republik bieten würden.
wie gewöhnlich suche ich ruhige straßen, damit ich ein wenig vor mich hin denken kann; «trachten» sagt man auf jiddisch. diesmal gehe ich an einer baustelle entlang: der grasüberwachsene weg erinnert mich an die vielen ruinen, die es in teheran gab, als ich noch dort lebte.
zur linken hand kommt eine werkstatt. nachdem ich schon daran vorbei bin, ruft jemand hinter mir her: «hallo!»
ich bleibe stehen und schaue zurück. vor der werkstatt steht ein kleiner, stämmiger mann; aus der entfernung sieht er wie ein bauarbeiter aus. die stehen nicht unbedingt im ruf, freundlich zu fremden zu sein.
«komm hier!» ruft er.
«warum?» frage ich.
«komm hier, keine angst», schreit er und macht eine einladende geste. sein akzent und die handbewegung nehmen mir ein wenig die angst.
als ich vor ihm stehe, sagt er: «ich dachte, mein korsar geht hier vorbei», und deutet auf meinen vollbart: «jude?»
«nein», antworte ich.
«woher?»
«iran», und ich hoffe, dass die antwort nicht ganz falsch ist.

«agha farsi harf misanid?» sprudelt es aus ihm heraus.
«natürlich spreche ich persisch», antworte ich in meiner muttersprache.
seine augen glänzen, und er beginnt mit einer guten aussprache nisami zu deklamieren; laut und theatralisch.
nisamis gedichte sind enigmatisch und streng nach klassischer metrik komponiert; der dichter wird für gewöhnlich nur von intellektuellen verehrt.
mal entfernt sich der mann einige schritte von mir, dann kommt er mit geöffneten armen wieder auf mich zu.
schließlich nimmt er den hut ab, fährt sich durch das dichte haar und umarmt mich, immer noch deklamierend.
nun ohne angst, dafür aber mit herzklopfen, frage ich ihn auf persisch, ob er iraner sei.
er hält inne, bricht in schluchzen aus, streichelt mit seinen ölbeschmierten händen mein gesicht und hält meine hand fest, als fürchte er, ich würde weglaufen.
endlich beginnt er zu sprechen; doch ich kann die sprache nicht identifizieren. es handelt sich weder um persisch noch arabisch oder türkisch, sondern um eine mischung aus allen dreien.
ich verstehe kaum etwas, da sagt er auf deutsch: «komm!»
er zieht mich hinter sich her in seine werkstatt, holt aus einer ecke einen verstaubten sessel und befiehlt mir, platz zu nehmen. da ich im raum keine andere sitzgelegenheit sehe, sage ich, wenn er stehen müsse, würde ich auch stehen bleiben. doch die erklärung nützt nichts, er packt mich an der schulter, drängt mich auf den sessel

und öffnet eine bierflasche, um elf uhr vormittags. ich lehne ab, ich würde tagsüber nie alkohol trinken. das versteht er nicht; dafür bietet er mir eine zigarette an. erleichtert darüber, ihm diesmal keinen korb geben zu müssen, nehme ich sie an; er lacht kindlich und beginnt wieder zu deklamieren.

nisami interessiert mich in diesem moment gar nicht, um so mehr aber dieser mann, der nun erneut in schluchzen verfällt. er hebt mich vom sessel hoch, drückt mich fest an seine brust, läßt mich los und wischt imaginären staub von meinem gesicht.

schließlich beruhigt er sich ein wenig. und ich frage auf deutsch, woher er komme und wieso er nisami kenne. nach einem furioso aus drei sprachen und einigen brokken deutsch verstehe ich immerhin so viel:

baku, die hauptstadt der aserbaidschanischen republik, in der sowjetunion ist sein geburtsort. aber er verbrachte seine schulzeit in duschanbe, in der tadschikischen republik. dort spricht man persisch und verehrt nisami, der aus dieser region stammt, wie einen heiligen. der schüler lernte nach altbewährter methode den nationaldichter auswendig. jahre danach kam der krieg, er wurde soldat, kämpfte gegen die deutsche armee, wurde gefangengenommen und irgendwo in bayern als landarbeiter eingesetzt; und er ist geblieben.

nachdem er das erzählt hat, erlischt das feuer in seiner sprache; er wirkt gebrochen und lallt etwas unverständliches.

«hast du eine frau?» frage ich.
als ob er sich bereits ergeben hätte, antwortet er nun auf deutsch:
«kaputt!»
«hast du kinder?»
«ja, aber weg!»
«wohin?»
«hier in münchen», und er beschreibt mit der hand einen großen halbkreis um sich.
«besuchen sie dich?»
«nein», sagt er mit einer wegwerfenden geste, «nur wenn sie brauchen geld.»
«warst du mal wieder in aserbaidschan?»
«nein, nie mehr», und er schüttelt so entschieden den kopf, daß ich nicht wage weiterzufragen. vielleicht fühlt er sich hier wohl. ich habe nicht das recht, in der wunde zu bohren.
jetzt betritt ein junger deutscher die werkstatt.
«mein chef», sagt der aserbaidschaner.
der mann wehrt ab:
«kein chef. wir sind kollegen. ich besorge die aufträge; wir bauen fenstergitter.»
auf mich zeigend sagt der aserbaidschaner:
«er war weg, weit weg, ich rufe, rufe, er kommt zurück, ja, ja», er schlägt mir auf die schulter und sagt zu seinem kollegen: «du reden mit ihm über iran, khomeini.»
dann wendet er sich an mich:
«ich nix zeitung, nix radio» und steckt mir eine neue zigarette in den mund, die er auch anzündet. erneut strahlt

er eine kindliche fröhlichkeit aus; als hätte er gerade einen sieg errungen.
auf seinen kollegen zeigend sagt der junge mann:
«wir sind freunde», und er spricht mit ihm über einen neuen auftrag.
ich stehe auf und frage meinen aserbaidschaner: «wie heißt du, mein freund?»
«anwari.»
ich reiche ihm einen zettel und bitte ihn, mir seine telephonnummer aufzuschreiben; mit meiner nummer geize ich.
«du anrufen?»
«ja», sage ich, «ich rufe dich an, und wir gehen kaffee trinken.»
«nein, nein», schreit er, «wir trinken bier», deklamiert seinen nisami, begleitet mit unruhigen händen. zum abschied nimmt er aus seiner zerdrückten schachtel drei zigaretten heraus, steckt mir eine in den mund, die anderen in die tasche und sagt guter dinge:
«ghodahafes agha, ghodahafes!»
«wiedersehen, mein herr, wiedersehen», antworte ich in denselben worten, um meinen respekt zu unterstreichen.
kaum bin ich ein paar schritte entfernt, höre ich jemanden hinter mir herlaufen; es ist anwaris kollege. ein wenig außer atem sagt er: «sie rufen ihn an, oder?»
«ich kann nicht aserbaidschanisch, sein persisch ist minimal und sein deutsch auch; wir können miteinander kaum kommunizieren», erwidere ich.

«sie sind ja schlimmer als wir deutschen. um kommunikation geht es gar nicht; hauptsache, er spricht ein wenig mit ihnen.»
«meinen sie?» frage ich noch.
«er ist mein freund, und ich will, daß ihm etwas gutes geschieht.»
während ich noch nach einer ausrede suche, fügt er hinzu:
«haben sie gesehen, wie er den dichter deklamierte? ich habe seine augen noch nie so glänzen sehen; und wir arbeiten immerhin schon seit jahren zusammen.»
«ich rufe ihn an.»
«sie haben es versprochen.»
«natürlich.»
er streckt die hand aus, nimmt meine rechte mit beiden händen und drückt sie fest.

für meinen besuch wähle ich den sonntag; vielleicht arbeitet anwari auch am samstag.
wir verabreden uns um 15 uhr in seiner wohnung; die liegt in moosach.
was soll ich als geschenk mitnehmen? blumen? doch nicht für einen fremden mann. ein buch von mir? aber er kann ja kaum deutsch. eine cd? seinen geschmack kenne ich nicht, und aserbaidschanische musik habe ich auch nicht. am ende beschließe ich, nichts mitzunehmen, ihn dafür aber zu kaffee und kuchen einzuladen.
der lange weg zu fuß gibt mir gelegenheit, meine gedanken zu ordnen. vor allem aber muß ich meine neugier in

zaum halten. ich frage ihn nicht, welchen ausweis er besitzt! vielleicht den gleichen flüchtlingsausweis wie ich?

auf der klingel steht anwari, kein vorname.
sofort öffnet er: «agha chosch amadid!»
seine altmodische art, einen gast zu begrüßen, und sein weiches persisch sprechen mich sehr an. in schwarzen hosen und einem graukarierten hemd mit offenem kragen empfängt er mich mit einer herzlichen umarmung, führt mich in die diele, läßt mich vorgehen und weist mit ausgestreckter hand den weg in die stube. noch bevor ich die tür öffne, höre ich den fernseher. ein apartment mit kochnische und einem balkon zur hauptstraße; die couch an der wand ist wohl auch sein bett.
«schön hier», sage ich.
«klein. aber genug.» mit dem kopf deutet er auf die kochnische. «ich nix kochen. in der woche bei arbeit. sonntag ich gehe aus.»
wir stehen uns gegenüber und wissen nicht weiter.
«bitte, bitte», er nimmt meine hand, führt mich zur couch, setzt sich auch und bietet mir eine zigarette an.
nun sitzen wir vor dem fernseher, der wie ein neugieriges familienmitglied auf uns glotzt.
«du nicht hier, ich schaue fernsehen», dann schaltet er das gerät ab.
«bier?» und er will aufstehen.
ich halte ihn zurück: «nein, danke! laß uns ein wenig spazierengehen.»

«gleich, ja», antwortet er und schaut auf seine armbanduhr.
wir sitzen vor dem fernseher und schweigen, während mein blick umherschweift. die wohnung ist sauber, wenig mobiliar, kein schmuck. doch jetzt entdecke ich über dem fernseher einen einfachen holzrahmen; darin in arabischer schönschrift die anfangsworte des korans: «im namen des gottes, des erbarmers, des barmherzigen.»
«bist du muslim, mein freund?»
er wiegt den kopf hin und her und sagt:
«gott aber gut.»
auf seine vorliebe für bier, die im krassen widerspruch zu seiner religion steht, will ich ihn nicht ansprechen. wer bin ich denn, der diese frage aufwirft? ich bin hier gast und habe meinen gastgeber zu respektieren, seine religion und auch seine widersprüche. was weiß ich schon von ihm? vielleicht hat er ein abkommen mit seinem gott, der immer wegschaut, wenn anwari ein bier trinkt.
er zeigt auf den rahmen und sagt: «bei türken gekauft», als müsse er sich für den koranspruch entschuldigen, dabei schlägt er mir auf das knie.
das schweigen wächst zwischen uns; da kommt die türklingel wie eine rettung.
«tochter», sagt er und springt auf.
sie ist untersetzt, dunkelblond, in einem gelben kostüm und fragt sofort: «papa, wer ist das?»
«ein freund», und er strahlt.
«chub?» fragt sie auf persisch.

«gut», sekundiert er, zwinkert mir zu und führt seine tochter auf den balkon. von meinem platz aus beobachte ich, wie sie auf ihn einredet, während er sie nur anschaut. schließlich greift der vater in die gesäßtasche, holt ein bündel geldscheine heraus und steckt seiner tochter einige in die hand. in diesem augenblick dreht er sich um und trifft auf meinen blick. rasch wende ich den kopf zum fernseher, zu spät; anwari hat alles gesehen.
als beide hereinkommen, ist die tochter freundlicher:
«darf ich ihnen einen kaffee machen?»
«nein, danke! ich dachte, ich gehe mit ihrem vater ein wenig spazieren, und wir trinken irgendwo einen kaffee und essen kuchen.»
«eine sehr gute idee, wirklich», sagt sie und legt die hand auf seine schulter. er aber wirkt unschlüssig und schaut im raum umher.
«papa, gehe mit deinem freund aus; derweil räume ich hier ein wenig auf.»
als er meine augen erreicht, schließe ich sie kurz zum zeichen der zustimmung.
«gut», sagt er und küßt die tochter auf die wange. halbherzig erwidert sie den kuß und verabschiedet den vater:
«choda hafez, baba!»
draußen überfällt mich das schweigen abermals, mit einem mann, den ich kaum kenne.
«tochter gut», sagt er.
«ja», sage ich und weiß nun, daß der spaziergang keine gute idee war.
«ich kenne ein schönes café für uns», und ich entscheide mich für das café luitpold.

wortlos fügt er sich. in der straßenbahn verteilt sich das schweigen auf alle fahrgäste und ist nicht mehr so aufdringlich.
kaum betreten wir das café, wird ein platz am fenster frei.
«anwari, willst du nicht einen kuchen aussuchen?»
«gut», sagt er und steht auf.
als auch der kaffee kommt, frage ich ihn:
«willst du nicht noch einmal heiraten?»
«nein!»
«wann ist deine frau gestorben?»
«lange», sagt er, zählt mit seinen fingern, schaut aus dem fenster und sagt:
«elf jahre.»
«du brauchst wieder eine frau.»
«nach meiner frau ich will nicht heiraten, nein.»
hat er seine jahre hier als exil verstanden? oder ist er einfach bei seiner frau geblieben, wie ehemänner es ja manchmal tun? wissen seine angehörigen in baku von ihm? oder haben sie ihn inzwischen aufgegeben?
«gefällt es dir hier?»
«du meinst münchen?»
«ja!»
«meine frau von münchen. ich bleibe hier.»
er schaut auf seine hände und sagt:
«frau hier. arbeit hier. kinder hier. wo soll ich gehen?»
er ist gewaltsam hierher verschleppt und später fallengelassen worden. nachdem seine frau tot ist, wird er nicht mehr benötigt – ein geringfügiger fremder. und dort, in

 baku, wird er heute nicht weniger fremd sein. hat er vielleicht deswegen angst vor der rückkehr? fürchtet er die mittelmäßigkeit, die auf jeden heimkehrer lauert?
wir schauen beide aus dem fenster. inzwischen bin ich überzeugt, er hätte lieber ein bier und würde statt im café luitpold irgendwo draußen sitzen.
«anwari, hast du freunde?»
«michael, der kollege.»
«ich meine aserbaidschanische freunde.»
er wiegt den kopf hin und her.
«gibt es überhaupt aserbaidschaner hier?»
«ja. aber nix gut.»
«warum?»
«diese deutsche soldaten im krieg.»
natürlich kann der stolze sowjetsoldat nicht mit kollaborateuren verkehren. dennoch weiß ich, daß jede diaspora ihre eigenen schlupflöcher hat.
«siehst du diese leute manchmal?»
«bei begräbnis. oder hochzeit. aber hochzeit weniger. kinder heiraten deutsche. ohne uns.»
ich weiß, mein freund, ich weiß. die kinder schämen sich zuweilen für die eltern, die an der alten heimat festhalten; als wären sie ein hindernis für das neue glück. auf die weise werden wir einsamer.
aber das wird noch schlimmer werden, anwari, wenn du einmal in rente gehst. ohne michael und seine stille fürsorge. ohne arbeit, die den alltag gestaltet. plötzlich wirst du von der außenwelt abgeschnitten und zurückgeworfen auf dein kleines apartment und auf deinen einzigen treuen gefährten, den fernseher.

anwari wacht auf, duscht, frühstückt und verlässt die wohnung nackt; wozu braucht er noch kleider? die tür lehnt er nur an; vielleicht kommt besuch aus baku. ein fremder. einer von der sorte, die gehen und kommen. mein aserbaidschanischer freund wird dann hilflos sein. kann er sich überhaupt auf den landsmann einlassen? jedenfalls wird er unfähig sein, eine klare trennungslinie zu ziehen – er ist ja mittlerweile ein zwischending. so wird er bald von jenem fremden überwältigt. ob dieser nur auf der suche nach einem freund ist? oder hat er sich eigens hierherbemüht, um einem vorzuführen, wo die fremde endet? vielleicht aber kommt der mann spät, und anwari ist bereits aus dem haus gegangen.
draußen winkt er einem taxi und fährt zu einer bestimmten stelle am kleinhesseloher see im englischen garten, die ihn an «den boulevard» erinnert. die berühmte flaniermeile in baku, am kaspischen meer, auf deren anderer seite meine heimat liegt. flüchtlinge haben mir erzählt, wie sie dastanden, hinüberschauten und lieder sangen.
jetzt steht aber anwari an dieser stelle, nackt, mit einer bierflasche in der hand, raucht seine zigarette und trachtet.
irgendwann fährt er mit der tram nach hause. in seiner gegend kauft er fladenbrot, nimmt es unter den arm und geht zu fuß weiter. hat seine mutter die brote nicht stolz auf dem kopf durch die gassen getragen? unterwegs bietet er allen nachbarn brot an. jeder reißt ein stück heraus, küßt es und führt es zum mund. mit dem letzten

reststück betritt er seine wohnung, legt sich aufs bett und spricht zu seinem brot:
«ich berichte dir, daß ich die absicht habe, dich zu verzehren. mögest du nicht traurig sein; denn du wirst fortan ein teil von mir. und möge ich dir die treue halten, da du mich sättigst.»
voller ehrfurcht küßt er das letzte stück brot, steckt es in den mund, kaut bedächtig und murmelt eine alte weise aus der heimat. ein wiegenlied? kann er noch aserbaidschanisch? oder hat die einsamkeit inzwischen auch die muttersprache verschluckt?
«geh nicht zu weit weg!» ruft seine mutter aus dem küchenfenster.
aber er träumt davon, in seiner stadt zu spazieren. ganz baku scheint gerade einen spaziergang zu machen, andauernd wird er von seinen freunden angehalten, die in hellen sommeranzügen umhergehen.
«bist du es wirklich, anwari? ich habe dich eine ewigkeit nicht gesehen.»
«guten tag, anwari, schön, daß sie wieder da sind.»
anwari nickt, verteilt ein paar komplimente, läßt einige brocken deutsch fallen und zieht weiter. er will in ruhe das licht genießen – sein licht.
jede nacht ist er dort, in baku, am meer. am tag befindet sich sein körper hier, in münchen.
das nächtliche stöhnen verbirgt er in einer sprache, die die nachbarn nicht identifizieren könnten, selbst wenn sie es hören würden.

um nicht ewig aus dem fenster zu schauen, werfe ich einen blick nach links; am nebentisch sitzt ein paar. er ist vierschrötig, babygesicht im smoking. sie ist zierlich im schwarzen abendkleid. sie wollen wohl anschließend die oper besuchen. sie trinkt mineralwasser, er pils.
beim bezahlen sagt er:
«ich lade dich auf das wasser ein; ich habe echt lust darauf.»
artig bedankt sie sich.
«aber nur, weil du so schön oboe spielst», erwidert er.
ich drehe mich zu meinem freund um; er scheint mit dem rest seines kuchens beschäftigt zu sein. hat er das groteske der situation aufgenommen? dafür ist sein deutsch nicht gut genug. hat er vielleicht deswegen die sprache nicht gelernt, um sich zu schützen? beschützt er seine innenwelt vor neugierigen augen?
anwari schaut auf seine armbanduhr, als ob er einen wichtigen termin hätte.
«wollen wir langsam aufbrechen?» frage ich.
«gut», sagt er, streckt die hand über den tisch und ergreift meine:
«anwari zahlt.»
«aber ich wollte dich einladen …»
er schüttelt den kopf.
sein griff wird härter, bis ich aufgebe: «gut.»
zufrieden hebt er die hand und winkt die kellnerin zu sich. während sie die rechnung schreibt, holt er aus der gesäßtasche sein geld heraus. er steckt den daumen in den mund, benetzt ihn, zählt damit die geldscheine, legt sie auf den tisch, klopft darauf und sagt:

 «gut so!»
das trinkgeld ist so viel, daß die kellnerin verwirrt zu mir herüberschaut. erst nachdem ich genickt habe, sagt sie in seine richtung: «danke, mein herr!»
er nickt mit dem kopf.
«danke!» sage ich.
«auch ich danke!»
draußen auf der straße finde ich eine ausrede und verabschiede mich rasch. jetzt brauche ich einen langen spaziergang.
erst bei dunkelheit komme ich nach hause. als ich die eingangstür öffnen will, kommen aus entgegengesetzter richtung zwei männer, die auch das haus betreten wollen. sie sprechen miteinander in einer sprache, die ich für serbokroatisch halte. mein blick in ihre richtung muß furchtbar gewesen sein. denn der ältere zeigt mit ausgestreckter hand auf die briefkästen und sagt auf deutsch: «brief, brief.»

um zwei uhr in der früh komme ich nach hause. das treppenhaus ist heller als sonst; hier stimmt etwas nicht. als ich den dritten stock erreiche, sehe ich, daß meine wohnungstür offensteht; in der wohnung brennt das licht. ich bleibe auf dem letzten absatz stehen und rufe: «hallo?»
eine tiefe männerstimme antwortet: «hallo!» und dann: «kommen sie nur rein!»
zu meiner überraschung auf deutsch; jetzt hatte ich einen persischen satz erwartet. ich fühle die angst in den knien und bin zu feige, mich umzudrehen und die flucht zu ergreifen. hier auf dem treppenabsatz stehenzubleiben hat auch keinen sinn; so gehe ich zögerlich zur tür.
«hallo?» rufe ich wieder.
«wir sind im arbeitszimmer.»
wir? wie viele sind sie denn? ich betrete den gang und schaue rechts ins schlafzimmer: das licht brennt, der vorhang ist zugezogen, niemand da. die brennende glühlampe in der küche kommt mir jetzt besonders einsam vor; dahinter liegt das arbeitszimmer im dunkeln.
«kommen sie nur!» sagt der mann hinter der halboffenen tür.
kaum mache ich zwei schritte, da höre ich den befehl: «bleiben sie jetzt stehen!»
und dann sagt er in ruhigem ton: «wir tun ihnen nichts!»
eine sehr hohe männerstimme kichert.

sie tun mir nichts. sie sitzen im dunkeln, hinter der tür. in meiner wohnung.
«wer sind sie?» frage ich laut, um meine angst zu kaschieren.
diesmal lachen beide. der eine laut und aus vollem hals, der andere kichert wieder.
sollte ich etwa wissen, wer die herren sind?
«was wollen sie?» frage ich.
«nichts!» sagt der mann, der andere kichert. offensichtlich ist das seine aufgabe, mir die lächerlichkeit meiner lage durch sein kichern bewußtzumachen.
«wir werden nichts mitnehmen aus ihrer wohnung.» er läßt sich zeit, als ob ich ihm jetzt dafür danken müßte.
«wir werden auch nichts hinterlassen!»
offenbar sind sie bemüht, mich zu beruhigen, bevor sie zur tat schreiten.
«aber was wollen sie denn?» frage ich, obwohl ich weiß, wie dumm die frage ist.
«verstehen sie denn das zeichen nicht?» sagt der eine ruhig.
ich weigere mich, eine antwort zu geben. die herren erwarten wohl, daß ich das zeichen richtig deute, während ich mich frage, ob sie bewaffnet sind.
«dann gehen sie raus, und drehen sie eine runde!»
ich will sagen, das ist meine wohnung; aber es kommt nichts aus meinem mund. wie angewurzelt bleibe ich stehen und kann mich nicht bewegen.
«haben sie mich verstanden?» das ist keine frage, sondern eine drohung.

so drehe ich mich um, verlasse meine wohnung, gehe die treppe hinunter und auf die straße.
ich begreife das zeichen nicht; vielleicht will ich es nicht begreifen. und ich will auch nicht darüber nachdenken.
irgendwann melden sich meine beine; sie sind müde. ich kehre zurück, und schon im treppenhaus höre ich meinen nachbarn: «komm ruhig rauf, du brauchst keine angst zu haben.»
oben steht ein polizist und unterhält sich mit ihm, eine polizistin sitzt auf der treppe vor meiner wohnungstür und sagt: «ihr nachbar ist nach hause gekommen, sah ihre wohnungstür offen und hat uns angerufen.»
«wollen sie rein?» frage ich und zeige in die wohnung.
«wir waren schon drin. nichts ist gestohlen worden; nicht einmal den laptop hat er mitgenommen.»
natürlich nicht; sie suchten ja auch nichts.
«wir warten auf die kripo!» sagt die polizistin und fragt, ob die tür abgesperrt war. dann gibt sie mir den rat, sie in zukunft immer abzusperren.
«aber was wollte der dieb, wenn er nichts mitgenommen hat?»
niemand antwortet. alle schauen auf die zwei kripobeamten, die jetzt die treppe raufkommen. für die spurensicherung ist eine frau zuständig, die die tür untersucht: «kein zeichen von gewalt.»
dann dreht sie sich zu mir: «elegant gemacht» und widmet sich dem schloß, während der zweite beamte mich fragt, wann ich die wohnung verlassen hätte.
«keine fingerabdrücke!» sagt die frau.

«wie kann das sein?» frage ich.

«es waren profis», meint sie.

«aber, was wollte der dieb?» insistiere ich, als ob die junge beamtin darauf eine antwort hätte.

«und warum hat er die tür offengelassen?» bohre ich nach.

der zweite sagt: «vielleicht ist ihm jemand dazwischengekommen oder so. und das mit der tür sollten sie nicht ernst nehmen.»

er sagte, man habe mich in den bergen kaliforniens entdeckt – ich verstand das letzte wort nicht. ich sei der letzte wildlebende indianer nordamerikas und der einzige überlebende der yahi-indianer; er wisse fast alles über diesen stamm. er sagte, ishi – das war ich – habe sich vierzig jahre vor den weißen versteckt.
ich fragte, ob er ein weißer sei. er nickte eifrig. ich verstand nicht; denn er hatte keine waffe und keine uniform.
er fragte, wovon ich mich in diesen jahren ernährt hätte. er fragte nicht, mit welchem gott ich die ganze zeit getanzt und mit welchem baumstamm im schnee ich gesprochen hätte. nicht einmal, ob mein gott schon vorher gestorben sei.
ich fragte, warum er unsere sprache spreche. er habe diese sprache auf einer universität gelernt, er interessiere sich für unsere kultur. dann korrigierte er sich: für deine kultur.
er sagte, er sei ethnograph. ich verstand wieder das letzte wort nicht und sagte laut meinen namen. er schrieb etwas auf.
er hatte keine spuren der sonne in seinem gesicht. ich dachte, er müsse sehr jung sein.
er versprach, bis zu meinem tod bei mir zu bleiben, er müsse alles aufschreiben.
jetzt fragte er, wie alt ich sei, wann ich geboren sei. ich schaute auf zum himmel und dachte an den tag, an dem ich die zügel meines pferdes weggeworfen hatte.

er fragte, ob ich wisse, wann mein tod eintrete. ich wußte es nicht.

früher hätten die indianer das gewußt, sagte er und schaute mir lange in die augen.

schließlich schenkte er mir einen schwarzen anzug und ein weißes hemd – die schuhe rührte ich nicht an. dann gab er mir etwas, was er krawatte nannte. ich hielt sie lange in der hand, bis er sie mir um den hals band. dabei sagte er leise, ich solle keine angst haben, ich würde nicht daran ersticken.

als er fertig war, verschwand er hinter einem eisenkasten und versicherte mir, der blitz sei nicht tödlich – anschließend zeigte er mir mein bild. ich schaute es kurz an und gab es ihm zurück.

jetzt fragte er, ob ich noch eine frau wolle? er wollte wissen, was ich mit ihr anstellen würde. ich schüttelte den kopf.

er sagte, am besten solle ich ihm erzählen, was ich gerade wolle. einfach draufloserzählen. er werde es dann schon ordnen. ob ich bereit sei.

in diesem moment dachte ich, mit dem stärksten schrei könne ich die welt auflösen. ich blies meine lunge auf und schrie aus voller kraft hinaus. aber es wirkte nicht. er hat nicht einmal angst bekommen – er hat nicht einmal dann geschwiegen.

ich dachte, ich schweige, bis der ethnograph geht und der tod kommt. oder zumindest, bis der regen kommt; dann wird es der tod leichter haben.

schließlich sagte er, wir sollten ins haus gehen, denn es werde langsam dunkel. er werde schon bei mir bleiben; ich solle keine angst haben.
als wir ins haus gingen, wußte ich, daß dort der tod wartete.

ein hotel in augsburg. ich habe schmerzen, im brustkorb, in den gliedern. ich weiß mit gewißheit, es ist das herz – ich rufe den notarzt an.
der kardiologe sagt: «wir müssen operieren – es geht um minuten.»
sechs tage intensivstation, drei wochen normalstation, schließlich die reha-zeit. der arzt hier ist zufrieden mit meiner narbe. ich erzähle ihm ein wenig von mir und frage, ob ich noch lange leben werde.
«sie enttäuschen mich. sie sind doch schriftsteller. sie wissen doch, der tod kommt, wenn er will!» wir lachen beide.
dann die erste nacht im eigenen bett. zum ersten mal seit wochen ohne arzt, ohne eine nachtschwester, ohne eine klingel in reichweite. kommt heute nacht der tod wieder?
der schlaf kam jedenfalls nicht. und damit kamen die depressionen.
jeden morgen die alte frage: wozu aufstehen? der tod kommt ja bald, vielleicht schon morgen. ich lese die beipackzettel meiner medikamente. sie verursachen schlaflosigkeit, depressionen und alpträume.
ich bin ein spitzel und liefere meinen ältesten freund an die polizei; schweißgebadet wache ich auf und kann den rest der nacht kein auge mehr zumachen.
mein arzt, ein freund, weigert sich, mir schlaftabletten zu geben oder gar antidepressiva:

«das problem sitzt in deinem kopf! geh spazieren! je mehr du gehst, desto besser. denn dann kommen die müdigkeit und der schlaf. und das gehen ist auch gut für dein bein; es hat jetzt eine vene weniger.»

ich gehorche und gehe. täglich stundenlang. erst zwinge ich mich dazu. ich werde sehr bald müde. dann aber kommt die kondition. ich gehe, gehe gegen den tod, ohne eine hoffnung auf besserung. ich gehe einfach. ich habe mir immer vorgestellt, auf der straße zu sterben – flanierend, betrachtend, ahnungslos, arglos. der tod kommt, klopft im vorbeigehen kurz an und nimmt mich mit – fertig.

dann geschieht das wunder, irgendwann. mein auge meldet sich.

«ich will mehr sehen, solange zeit ist.»

drei häuser weiter von meiner wohnung entdeckt mein auge einen hinterhof:

«kennst du diesen hof? geh hinein! sieh ihn dir an!»

wieso kannte ich diesen hof nicht? mein auge ist gierig und entdeckt jeden tag etwas neues: hier eine kirche, dort eine ruine.

staubfänger und tod. ich defragmentiere meine wohnung; ich brauche mehr raum. nach dem herzbruch verlege ich das akkumulative alter hinter mich.

ich muß mit mir reden, laut reden, von den veränderungen, die mein herz beschlossen hat.

verdutzt stelle ich fest, das gelingt mir am besten beim gehen. ich gehe, führe lange selbstgespräche und finde gefallen daran.

ich will immer weniger behälter, immer mehr nacktheit – bleibt dann der tod weg?
oder hilft auch hier die schönheit? ich kann mich auf mein auge verlassen. es war immer ein radikales organ. seit dem herzbruch macht es gar keine kompromisse mehr – nicht einmal mit mir. es sucht konsequent das schöne.
ich gehe, meinem auge zuliebe. es braucht mehr raum. verschafft raum auch zeit? auch gegen den tod?
ich ertappe mich dabei, daß ich immer seltener eine uhr bei mir trage. der tod sei ein systematiker, er könne nicht denken; er sei leicht zu überlisten.
ich warte nicht mehr – auf nichts. nur sehen und genießen. in der nähe des todes wächst genügsamkeit.
seither hat der tod an schwere verloren; er ist nur noch ein punkt, den ich irgendwann erreiche. ich weiß nicht, ob ich den zeitpunkt bestimmen kann oder will.
mein auge bestimmt den rhythmus.
mein herz hat auch mein gedächtnis neu programmiert; auch dieses organ wirft ballast ab.
meine lesegewohnheiten haben sich geändert. früher las ich dicke romane. jetzt kleine bücher, die ich auch beenden kann.
wieder lenkt mich das auge. eines tages finde ich auf dem ramschtisch einen großen bildband holländischer maler. ich kaufe das buch für mein auge und schleppe es nach hause. ich gehe ins bett und schaue mir die bilder an – meinem auge zuliebe.
in dieser nacht kommt der schlaf auf leisen sohlen. mein auge rettet mich.

und die bäume, sie sprechen mich fortan mit ihrem schatten an. es fällt mir seither schwer, an die sinnlosigkeit des schattens zu glauben.
mein auge kämpft. es will mehr sehen. es will einiges nicht mehr sehen. mein auge will mehr raum für neue bilder. und diese erwecken die neugierde für das leben.
jetzt, jetzt muß ich kämpfen – mein auge und meine füße sind auf meiner seite.

heute nacht lasse ich das fenster offen. er hat versprochen, in dieser woche zu kommen. ich solle jede nacht bereit sein. reisefertig, wie er sagte. ich lasse das fenster offen und lege mich auf das bett.
nun muß ich die wartezeit überbrücken. ich will nicht an unsere reise denken. ich will nicht an das ziel denken und nicht an das wiedersehen. ich muß diese gedanken verscheuchen. sollte ich vielleicht ein buch lesen? dazu bin ich zu aufgeregt. dann lieber musik; musik hat mich immer beruhigt und zugleich bestärkt. die mondscheinsonate von beethoven. ja! das ist es!
ich lege mich wieder hin, stecke beide hände in die hosentaschen und lasse beethoven auf mich wirken – er wird mich schon auf meine reise vorbereiten.
dann höre ich meinen namen, leise. ich stehe auf einer straße, beide hände in den taschen.
«na? warum gehst du nicht ein wenig umher?»
«aber wo sind wir?»
er läßt sich zeit, sehr lange. dann kommt eine flüsterstimme, die unbeteiligt wirken will. «tehran.» er spricht das wort persisch aus.
nichts ist an diesem wort ungewöhnlich, und dennoch wirft es mich aus der bahn –
einundvierzig jahre abwesenheit sind eine lange zeit.
«du wolltest doch ein wenig flanieren in tehran.» und dann fügt er hinzu:
«ich bleibe hier – bei dir.»

ich setze mich in bewegung und merke, daß ich angst habe. vor meinen augen. vor meinen schritten. vor den passanten. vor den straßen. vor den straßenschildern. irgend jemand hat in meiner stadt alle straßennamen geändert. und dieser jemand hat auch noch überall neue schilder angebracht.
«wo sind wir?» frage ich.
«mein freund, das ist deine stadt!» das sagt er in einem zynischen ton. «du weißt, ich brauche keine stadt, ich kann überall sein.»
ja, der mond kann es. der verfluchte glückspilz. der braucht keine stadt.
jetzt erkenne ich den platz; hier stand früher das parlament. über dem portal wachten zwei löwen, mit schwertern bewaffnet, und verteidigten das gesetz. wie oft haben wir als jugendliche darüber gelacht. das portal steht noch. die löwen sind fort. sind sie auch ins exil gegangen?
hier kenne ich mich aus; von hier aus finde ich leicht zu meinem geburtshaus.
«dein gang ist anders geworden, mein freund!» das ist seine stimme; ich ignoriere sie.
ich bin jetzt sicherer und will langsamer gehen. meine augen sollen zeit haben. ich gehe über den gemüsemarkt, den meine großmutter so liebte. er ist schäbig geworden. so wie die menschen. und ich habe das gefühl, alle passanten hätten beschlossen, mich anzurempeln. niemand entschuldigt sich. bin ich für diese gehsteige zu fragil geworden? wieder rempelt mich jemand an. ich sage laut: «entschuldigen sie bitte!»

er bleibt stehen und dreht sich um: «kommst du aus dem ausland?»
das war keine frage, sondern eine siegesmeldung. «dachte ich mir schon.» und er läßt mich stehen – er hat mich einfach geduzt.
«mach dir nichts daraus, vielleicht ist das der neid», sagt mein mond.
«der neid?»
«ja, die masse kann nicht flüchten; sie muß bleiben.»
fast will ich mich dafür entschuldigen, daß ich geflüchtet bin. aber ich lasse es und beschließe dafür, auf die passanten achtzugeben und alles auf diesen straßen aufzunehmen – mit allen meinen sinnen.
aber warum hasten die menschen so? dieses tempo kenne ich nicht von meiner stadt. dann fällt mir ihre sprache auf.
«was ist mit dieser sprache passiert?»
«ich spreche kein persisch, und ich brauche keine muttersprache.» das ist wieder der mond.
«ich weiß, aber warum ist das persisch dieser menschen so rasend, so häßlich geworden?»
«vielleicht hat diese sprache sehr gelitten, seit du fortgegangen bist.»
ich gehe weiter, werde angerempelt und suche – dann finde ich meine gasse wieder. der gemüseladen an der ecke steht noch. ein gutes omen. ich gehe langsamer und konzentriere mich auf die rechte seite. fast wäre ich an meinem geburtshaus vorbeigegangen. fast.
das haus winselt, weil es seit langem nicht bewohnt ist.

die fensterscheiben sind eingeworfen. die farbe der haustür abgeblättert. die mauer vereinsamt.

«suchen sie hier etwas?» wieder ein passant.

«in diesem haus bin ich geboren.»

«na und? das ist kein grund, eine ganze stunde hier zu stehen.»

die stille danach währt nicht lange.

«mein freund, so ist das. die menschen ändern sich», sagt der mond.

ich wache auf, als jemand an den bettpfosten klopft.
«mein name ist angina pectoris», sagt er und zündet sich eine zigarette an.
alles dreht sich im kopf; ich wälze mich im bett hin und her und habe schmerzen in der brust.
er ist mitte dreißig, sitzt am fuße des bettes, hat ein schwarzes hemd an, das er offen trägt, mit überlangem kragen. eine gelbe jacke. hornbrille. sein haar gelockt, voller gel. er raucht; dabei hält er mit der linken hand die rechte, in der die zigarette steckt. ein schauspieler, der sich in die pose eines gigolos geworfen hat. er grinst.
«ein herzinfarkt ist keine panne, sondern eine zielrichtung.»
will er etwas von mir hören oder nur triumphieren?
soll ich nun diesen jüngling fragen, ob es eine art gibt, würdig zu sterben?
«und wie sieht ein schöner tod aus? ein hotel scheint dir ja kein geeigneter ort zu sein. du hast dir eingebildet, für dich käme nur die straße in frage. während du gehst, flanierst, plaudernd, ahnungslos. dann kommt er, klopft im vorbeigehen an und nimmt dich mit.»
er zieht weiter heftig an seiner zigarette.
«und du meinst, du hättest einen schönen tod verdient?»
ich kann nicht sehen, was für hosen er anhat. hat er überhaupt welche an?
jemand klopft an die tür – wer könnte jetzt noch kommen?

der notarzt tritt ein; er sieht den anderen nicht. der arzt mißt den blutdruck, horcht das herz ab und gibt mir eine spritze; ich bin für eine weile weg. als ich erwache, schaue ich zum fußende hin – niemand da.
ein arzt steht über mich gebeugt und sagt, er müsse eine angiographie machen; das ganze sei ein wenig unangenehm. ich nicke, und schon spüre ich etwas in meinem körper aufsteigen. derweil spricht der kardiologe mit seinem kollegen. ich greife in das gespräch ein:
«was haben sie gerade von augustinus gesagt?»
er fragt, was ich denn mit dem heiligen zu tun hätte.
«liebe und tue, was du willst!» sage ich.
«wir sind beim thema. ich muß operieren; es geht um minuten.»
«und wenn ich nein sage?»
«dann sterben sie, zu achtundneunzig prozent.»
ich werfe einen blick nach unten. wieder ist niemand da, der meinen blick auffängt.
der arzt beugt sich zu mir: «wie war es mit augustinus?»
dann sehe ich seine ausgestreckte hand.

ich habe keine schmerzen, bin nur schwach und genieße die leichtigkeit. ich habe das gefühl, mein herz schläft, während ich wache. ich liege in einem sauberen bett, brauche nichts zu tun, habe keinen hunger und schaue hinaus. große regentropfen prasseln auf das flachdach neben meinem fenster.
ich würde gerne zum fenster hinausfliegen. meine pflegerin hat bestimmt nichts dagegen. sie lacht so herzlich

und weiß, daß ich zurückkommen würde. nein, ich fliege nicht; ich schwimme hinaus. wie in der kinderzeit, wenn ich fieber hatte.

statt dessen aber singe ich ein lied. der text geht mir leicht über die lippen. ich kann nicht sagen, in welcher sprache ich singe. heute gelingt mir einfach alles. der regen auf dem fenstersims begleitet mein lied.

nun sehe ich ihn wieder, an seinem alten platz, mit seinem immerwährenden grinsen.

ich werde ihn nicht fragen, ob er lunte oder pulver ist oder nur teil einer botschaft. er ist doch nicht befugt zu antworten.

dafür erzähle ich ihm die geschichte von jenem sklaven in isfahan, der zu seinem herrn kommt und um ein pferd bittet.

«ich habe geträumt, morgen abend kommt der tod und will mich mitnehmen. ich brauche das pferd, um nach samarra zu fliehen.»

am abend kommt der tod.

«woher wußte dein sklave, daß wir heute abend eine verabredung in samarra haben?»

diese geschichte erzähle ich ihm, damit er endlich seine bedeutungslosigkeit begreift.

er jedoch, als hätte er nichts gehört, spricht weiter. von dingen, die ich wegwerfen könnte. und von meinen augen, auf die ich achten solle.

«und halte dich konsequent an die schönheit!»

mein blick verrät wohl eine gewisse ratlosigkeit; denn er fügt hinzu:

«schönheit schafft räume für die zeit.»
von welcher zeit spricht er denn?
«dann hast du keine angst mehr, nur noch reisefieber.»
will er etwa wiederkommen?
wie dem auch sei; ich sollte die nächste reise mit sehr wenig gepäck antreten. nichts in den händen. je weniger ich trage, um so mehr genieße ich meine landschaften. zypressen, viele zypressen der kinderzeit, benötigen jetzt meine augen.
jetzt aber sollte ich aufstehen und dem miesen gigolo, der nach rosenwasser riecht, eine ohrfeige verpassen.
und wenn er hernach noch immer so dümmlich grinst?
für einen augenblick überlege ich, ob ich ihm ein gedicht von heinrich heine vortragen soll. vielleicht ist er dann beschämt und verschwindet aus meinem blickfeld.
oder soll ich ihm von itka erzählen?
wir küßten uns auf einer terrasse. dann liebten wir uns in ihrem zimmer, wild und laut – bis ich erschöpft war. als ich aufwachte, stand sie vor mir, nackt in stöckelschuhen mit ihrem rotgeschminkten mund: «ich soll dich abholen.»

das telefon läutet dreimal. zweimal. dann einmal. seit sieben tagen sitze ich zwischen 14 und 16 uhr zu hause und warte auf dieses zeichen. ich brauche mich gar nicht zu beeilen. wir haben zeit bis zur abenddämmerung; jetzt im sommer kommt sie recht spät.

ich setze mich, um einen brief an e. zu schreiben. um ihr zu danken für ihre liebe – wild und loyal. das wird ein kurzer brief. wir haben uns immer verstanden – ohne große erklärungen. ich werde sie mit einem ihrer kosenamen ansprechen und ihr sagen, daß ich sie vermissen werde.

ich ziehe mich an; genau das, was ich gestern anhatte. nur die unterwäsche muß ich wechseln. das hemd habe ich gestern gewechselt; ich kann es heute noch anziehen. dann die gewohnte weste, auch wenn es heute warm ist; ich will geschützt sein. zuerst aber alle taschen leeren und durchsuchen; es darf nichts falsches dabeisein.

zwei taschentücher in den hosentaschen. das linke taschentuch ist eine art reserve für alle fälle; für gewöhnlich putze ich damit meine brille. das rechte ist ein schneuztuch. in der brusttasche des hemdes trage ich nie etwas; es stört.

die weste: ihre linke tasche unten bleibt für meine taschenuhr reserviert. ich werde sie mit silberputzmittel polieren. ich öffne den deckel und putze sie auch innen. ein blick auf das foto. ich bin vier jahre alt mit einem läuseschnitt. ich klappe den deckel zu, ziehe die uhr auf,

streiche mit der innenfläche der rechten hand über das glas und stecke sie in die linke westentasche.
rechte tasche unten; hier ist der platz für das kleingeld. linke tasche oben; für die geldscheine. ich zähle sie. ich will heute das gefühl haben, daß ich geld ausgeben kann, wie ich will.
die rechte tasche oben; sie ist für rechnungen und notizen vorgesehen. heute brauche ich keine rechnungen mehr aufzubewahren. und endlich: ein tag ohne notizen.
ich ziehe die jacke an. rechte innentasche: zuständig für kalender und adreßbuch. die adressen brauche ich nicht mehr und auch die eintragungen für die nächsten tage nicht.
linke innentasche: die brieftasche. ich öffne sie und nehme alles heraus. die monatskarte für straßenbahn, bus und u-bahn; ich werde nur zu fuß gehen, ich habe zeit. die kreditkarten? ich zerschneide sie und werfe sie auf den tisch. ich werde niemandem mehr meine visitenkarte in die hand drücken; ich lege sie auf den stapel im regal. auch auf die schecks kann ich verzichten. im postamt, wo ich seit über dreißig jahren ein postfach habe, kennt man mich, und ich kann bis vierhundert dm abheben, auch ohne ausweis. dann der journalistenausweis, der sozialversicherungsausweis, der ausweis für die städtischen bibliotheken, der mitgliedsausweis der industriegewerkschaft medien, der ausweis für die staatsbibliothek; heute besteht kein ausweiszwang für mich. das kinderfoto in meiner taschenuhr reicht – selbst für die polizei.

die kleine tasche oben links: die bahncard brauche ich nicht; ich bleibe ja in der stadt. auch die telefonkarte lege ich weg; heute telefoniere ich nicht. ich hasse das telefon. ich werfe die karten einzeln und achtlos auf den tisch. ich will sehen, wo sie landen und wie sie dann zueinander liegen; vielleicht entsteht daraus ein bild; eine art tarot.
ich taste meine jacke von außen ab. der kugelschreiber steckt noch in der passenden tasche, links oben. ich ziehe ihn heraus und lege ihn quer auf den notizblock. heute unterschreibe ich nichts persönliches. im postamt hängt ein billiger kugelschreiber, den ich sonst verschmähe.
vor der tür stehen meine schuhe; ich ziehe sie an. rechts auf dem heizkörper liegt der schlüssel für mein postfach; ich stecke ihn ein. ich kann ja noch einmal meine post abholen, sie dann in einem café öffnen wie jeden anderen tag; und vielleicht ist auch ein schöner brief dabei.
bevor ich die tür öffne, erst einen blick durch den spion. dann erst drehe ich den schlüssel um; ich sperre die tür immer von innen ab. ich trete hinaus. ich will von außen absperren. aber ich lasse es; heute will ich alles ändern. brauche ich den wohnungsschlüssel noch? in jede hose habe ich eigens für diesen schlüssel eine kleine tasche einnähen lassen, von außen unsichtbar. ich mache einen schritt zurück und schaue auf die geschlossene tür. die blaßblaue farbe blättert ab. ich beschließe, auf diese häßliche tür zu wichsen; ich will mich von ihr verabschieden. ich öffne die hose, hole meinen schwanz heraus und schließe die augen. ich nähere mich der tür, die sper-

matropfen rinnen jetzt langsam hinunter. ich stecke meinen schwanz in die hose, kehre meiner tür endgültig den rücken und gehe den gang entlang. ich will zu fuß runtergehen. ich wollte heute ja alles anders machen.
meine taschen sind leer. bis auf die kleine, eingenähte tasche in der hose. dort steckt jetzt der postfachschlüssel. den schlüssel zur wohnung halte ich in der hand. ich öffne die haustür, ein blick nach rechts und einer nach links. ich wende mich nach rechts und gehe zum nächsten briefkasten. ich küsse den namen auf dem umschlag und werfe den brief ein. ich überquere die straße und entdecke einen mülleimer, für meinen wohnungsschlüssel.
ich gehe an einem meiner cafés vorbei: angela, die kellnerin, mit rotem, kräftigem haar und vollen lippen. von kleinem wuchs und resolutem schritt. ihr arsch wackelt so, als ob sie damit stühle umwerfen wollte. kleine, feste brüste, die immer zittern. ihre augen sind blaßblau.
ich gehe weiter und denke mir eine liebesszene mit ihr aus. die anfangsszene will mir nicht einfallen. ich wechsle die straßenseite. ich stecke beide hände in die hosentaschen und befühle zwei saubere taschentücher.
im postamt öffne ich das postfach: zeitschriften, zeitungen, rechnungen. ich lasse sie dort liegen. nichts soll auf eine mögliche identität hinweisen. ein einziger brief ist dabei, eine unbekannte absenderin aus leipzig.
ich hebe geld ab, ohne ausweis, ohne probleme. die frau kennt mich, und wir wechseln ein paar worte miteinander. ich verlasse das postamt mit geld in der tasche; jetzt muß ich nur noch den postfachschlüssel loswerden. ich

beschließe, den schlüssel in einen briefkasten zu werfen. doch nicht in den vor dem postamt. denn der wird stündlich geleert. vielleicht kommt jemand auf die idee, daß es mein schlüssel wäre. an der nächsten ecke finde ich einen briefkasten.

ich trage nichts in den taschen außer geld, zwei sauberen, gebügelten taschentüchern, meiner taschenuhr mit meinem kinderfoto und dem brief einer unbekannten. ich werde ihn natürlich zerreißen, nachdem ich ihn gelesen habe. und das kinderfoto in meiner taschenuhr? kann mich jemand anhand dieses fotos identifizieren? ich will mich von diesem foto nicht trennen.

jetzt muß ich nur noch ein café finden, um meinen espresso zu trinken und meine post zu öffnen. heute werde ich keine zeitung lesen, um noch ein ritual abzulegen. seit jahren pflege ich jeden tag eine andere zu lesen; um nicht die treue zu entwickeln, die viele menschen zu einer zeitung haben. ich denke nach, wo ich heute meinen espresso nehme. ich beschließe, in ein café zu gehen, das ich nicht kenne. ich will in ein anderes stadtviertel gehen, wo ich nie gewesen bin.

ein café; gutbürgerlich mit freien plätzen an den fenstern. wahrscheinlich ist hier der espresso miserabel. doch die lage und die ruhe gefallen mir. vor allem: keine musik. ich suche mir einen platz am fenster. eine richtige dame mit tschechischem akzent bedient mich. am liebsten hätte ich mit ihr diniert und sie reden lassen, um diesen akzent zu genießen. sie ist mitte vierzig, kann viel erzählen, zärtlich zuhören und hat bestimmt geschmack.

ich trinke den espresso, zerreiße den brief ungelesen und lege die fetzen ordentlich aufeinander.
ich rufe meine dame und bitte um zigaretten und streichhölzer. wir kommen ins gespräch. sie stammt aus marienbad. ich erzähle ihr, daß ich einen tag in marienbad verbracht habe. sie hört zu, aufmerksam. dann entschuldigt sie sich; sie muß an anderen tischen bedienen.
ich zünde mir eine zigarette an und beobachte durch das fenster die passanten. die meisten rasen. weil sie bepackt sind? weil sie ein schlechtes gewissen haben? ich werde es wohl nie erfahren. ich weiß nur, daß sie glücklich sind, weil sie da sind. und daß sie häßlich sind, in der mehrzahl; viele gähnen. und dann ihr gang. die männer haben überhaupt keinen eigenen gang. die frauen sind eigenständiger. aber meist wird ihr gang von ihrem arsch bestimmt. dann will der gang nur aufgeilen und wird dadurch häßlich. dennoch sind sie glücklich, ohne zu wissen, warum. ein alter mann taucht in meinem blickfeld auf. er hat einen eisbecher in der hand, in der anderen trägt er in einer stofftasche seinen einkauf. das eis ist riesig. der mann streckt die zunge weit heraus und leckt den eisberg, genüßlich und langsam.
ich wende mich meiner dame aus marienbad zu. sie stolziert zwischen den tischen, ohne mit dem arsch zu wakkeln. ich überlege, ob ich ihr viel trinkgeld geben soll. aber ich verwerfe sofort diesen gedanken; es könnte ja anzüglich wirken.
ein junger mann tritt ein, das haar geölt und gegelt, setzt sich hin, winkt, bestellt, holt sein handy heraus und unterhält sich laut mit jemandem.

genau in diesem augenblick fängt ein kind an zu plärren. bis jetzt hatte ich das kind gar nicht wahrgenommen. es ist winzig, mit blauen augen. und es plärrt so laut, daß mir die ohren weh tun.
die mutter ist groß und schön. sie hat langes, braunes haar. die kräftigen beine hat sie übereinandergeschlagen. sie blättert in einer illustrierten und nippt an ihrem kaffee. sie läßt sich weder von ihrem plärrenden kind stören, noch versucht sie, es zu beruhigen.
der mann mit dem handy redet weiter.
ich lege geld auf den tisch, stehe auf und verlasse das café. im windfang bleibe ich stehen und pisse; dabei schaue ich auf die plakate, die an der wand angeschlagen sind. die pisse läuft warm meine beine hinunter, dringt in die socken und in die schuhe. ich gehe hinaus und biege die straße links hinunter. ich bleibe vor einem fotogeschäft stehen, stecke beide hände in die hosentaschen und betrachte die fotos. menschen, die sich in posen werfen, die das glück darstellen sollen und die die menschen entstellen.
ich greife in die linke obere westentasche; ich könnte das geld in einen briefkasten werfen. aber heute habe ich die briefkästen genug belastet. verschenken? es würde nach angeberei aussehen. ich muß mit dem geld etwas kaufen; etwas unwichtiges, unnützes.
meine schuhe. ich hasse schuhe, ich habe sie immer gehaßt. ich ziehe die schuhe aus und auch die socken. ich stopfe sie in die schuhe, die ich mit dem schnürsenkel zusammenbinde. ich hänge den senkel über den mittel-

finger der linken hand und gehe los. ich schwenke die schuhe hin und her, bis der nächste briefkasten auftaucht; ich quetsche sie mit gewalt hinein. ich löse meine krawatte und öffne die knöpfe meiner weste. die krawatte hängt an beiden seiten herunter wie eselsohren.
ich könnte etwas zum essen kaufen; ich habe aber keinen hunger. ich werde seide kaufen, in weiß. ich liebe weiße seide. ich muß diesen stoff und seine wärme fühlen. bald finde ich ein geschäft. davor steht eine telefonzelle; ich weise den gedanken von mir. ich gehe ins geschäft und finde weiße seide. ich zeige der verkäuferin mein ganzes geld. sie ist alt und würdig. sie fragt nicht, mißt den stoff ab und verkauft ihn mir. ein paar münzen bleiben übrig. ich wage es nicht, der verkäuferin den rest als trinkgeld zu geben. ich verneige mich vor ihr und sage «adieu», sie lächelt und sagt: «auf wiedersehen!» ich beuge mich vor, lege meinen zeigefinger auf ihren mund und sage gedehnt: «adieu.» sie nickt, ohne ihre würde zu verlieren. ich verneige mich wieder und verlasse sie. ich behalte die münzen in der hand.
ich lege den stoff um die schulter. er ist lang und reicht mir bis zu den hüften. ich schaue bestimmt aus wie die witwen im süden, aber in weiß. draußen wieder die telefonzelle. ich schaue zum himmel auf, es ist noch viel zeit bis zur dämmerung. ich schlendere die straße hinunter. die krawatte ist gelöst, die weste offen, ich bin barfüßig, mit dem schönen weißen schal um die schulter, und klimpere mit den münzen in der hand.

 ich betrete die nächste telefonzelle, hebe den hörer ab, werfe die münzen ein und wähle die nummer. ich lasse dreimal klingeln, drücke auf stopp. dann drücke ich auf die wiederholungstaste und lasse zweimal klingeln. wieder stopp. diesmal lasse ich nur einmal klingeln. ich tippe kurz auf die gabel und lege den hörer auf das bord oberhalb des apparats.
ich öffne die zellentür und trete hinaus. eine kühle brise trifft mich; ich fröstele. ich wickle den weißen seidenschal fester um mich.

felix marginalsky wacht auf, als ihm die sonne ins gesicht scheint. er schlägt das bettlaken zur seite und springt auf. er schließt das fenster, macht den samowar auf dem fenstersims an und geht ins bad. er duscht kalt, singt und wippt dabei; danach reibt er sich lange mit einem handtuch ab. er geht ins zimmer zurück, nimmt das bettlaken und wickelt es locker um sich. dann tritt er ans fenster, schenkt sich einen tee ein und macht den samowar aus. er bleibt vor dem fenster stehen, trinkt seinen tee und schaut auf die straße hinunter. er wirft das laken auf das bett und greift zu seinen kleidern, die auf der stuhllehne hängen; er überlegt einen augenblick. felix marginalsky durchsucht die taschen seiner jacke; er vergewissert sich, dass alles da ist: seine ausweise, seine monatskarte für die straßenbahn, seine euroscheckkarte, seine kreditkarten, sein paß, geldscheine und sein schlüssel. er steckt alles wieder in die jackentaschen. er bückt sich, hebt das bettlaken auf, schaut es sich an und wickelt es um sich. er geht zur wohnungstür, verabschiedet sich von seinen schuhen und verläßt barfüßig die wohnung. felix marginalsky lehnt die wohnungstür nur an. er nimmt nicht den aufzug und läuft die treppe hinunter, während er laut vor sich hin pfeift. im treppenhaus grüßt er den hausmeister in einer fremden sprache, der daraufhin freundlich nickt. felix marginalsky nimmt die straßenbahn und fährt in die stadt. er bleibt in der straßenbahn stehen und lehnt sich an. er wickelt sein bettlaken fester um sich, schaut keinen fahrgast an und pfeift vor sich hin. ein kontrolleur steigt ein und will die fahrkarten sehen. felix marginalsky hört auf zu pfeifen, führt seinen zeigefinger grüßend an die stirn und nickt dem kontrolleur zu; dieser schaut ihn an, nickt und geht weiter. felix marginalsky setzt sich auf einen freien platz, schlägt die beine übereinander, wickelt das laken um sich, schaut hinaus und pfeift wieder vor sich hin. ihm gegenüber sitzt eine dame, die zeitung liest. felix marginalsky hört auf zu pfeifen, streichelt der dame über das knie und zeigt auf die zeitung. die dame gibt ihm einen teil von der zeitung. als er die zeitung zu ende gelesen hat, gibt er sie der dame zurück, die ihn anlächelt. felix marginalsky steigt irgendwann aus, geht durch den stadtpark – quer über den rasen – und pflückt margeriten. ein polizist kommt auf ihn zu. felix marginalsky schenkt ihm eine margerite. der polizist nimmt die blume, salutiert und geht weiter. felix marginalsky geht in einen laden, schenkt der verkäuferin eine margerite. sie nimmt die blume, macht einen knicks, sucht in der tasche ihrer schürze, holt eine zigarettenschachtel hervor, nimmt eine zigarette heraus und reicht sie ihm. er geht hinaus, legt sich auf die verkehrsinsel zwischen den straßenbahnen und autos. er schlägt die beine übereinander, streut seine margeriten über die brust und hält die zigarette mit zwei fingern hoch – bis ein passant kommt und ihm feuer gibt. felix marginalsky bedankt sich, indem er mit dem zeigefinger auf die hand des passanten tippt; dieser nickt und geht weiter. nach der zigarette schlendert felix marginalsky die flanierstraße hinunter und verteilt seine blumen, an wen er will. mit der letzten margerite betritt er eine bäckerei.

felix marginalsky gibt dem bäcker eine blume und nimmt dafür ein baguette aus der vitrine. mit dem baguette unter dem arm geht er zu fuß nach hause zurück. vor seinem haus bleibt er stehen und wickelt das bettlaken fest um sich. felix marginalsky reißt kleine bissen von seinem baguette und bietet sie den passanten an. jeder nimmt den bissen, steckt ihn in den mund, kaut, nickt und geht weiter – bis das brot verteilt ist. felix marginalsky betritt sein haus, läuft die treppe hinauf, tritt in seine wohnung, grüßt seine schuhe und schließt die tür. er wirft das laken auf das bett, geht zum fenster und schaut auf die straße hinunter. felix marginalsky legt sich ins bett, deckt sich mit dem laken zu, kreuzt die hände unter dem kopf und pfeift leise vor sich hin.

sie haben sich auf einem jahrmarkt kennengelernt. er schoß mit einem luftgewehr auf blechdosen, sie schaute zu. sie drückte sich an die wand und wartete.
sie erinnerte sich gerne daran, wie linkisch er sie zu einem punsch eingeladen hatte. sie mochte keinen punsch, nahm aber die einladung an.
sie mochte sofort seine große nase. er erzählte ein wenig von sich. er sei uhrmacher, er repariere und überhole alte uhren.
sie dachte, das ist ein zuverlässiger mann, er kann auf mich aufpassen, und sie wollte mehr von ihm.
«reparieren sie auch armbanduhren?» sie zeigte auf die zierliche uhr an ihrem handgelenk.
er reagierte nicht. sie sagte, sie gehe oft nach und liege ihr sehr am herzen.
«mein vater hat sie mir geschenkt, als ich achtzehn wurde.» dann fügte sie hinzu, ihr vater habe ihr nie geschenke gemacht – nicht vorher und auch nicht nachher.
»ich schaue sie mir an.»
«ja!» sagte sie gut gelaunt.
er ließ sich wieder eine weile zeit.
«haben sie lust, meine werkstatt zu sehen?»
«hmm.» und sie nickte dazu.
die werkstatt lag in einem keller; in der ecke stand ein bett. «er wohnt also hier.»
ihr schien es, hier fehle die ordnende hand einer frau. «es ist nett bei ihnen, gemütlich.»

er griff wortlos nach ihrem handgelenk und öffnete das armband. das gefiel ihr, und sie streckte die hand aus.
an seinem arbeitsplatz öffnete er die uhr und setzte die lupe ans auge. er reinigte hier etwas, befestigte dort eine schraube, tat geschäftig, sprach die ganze zeit darüber, was er gerade mit der uhr machte.
sie stand dicht neben ihm und hörte zu. es gefiel ihr, wie er über seine arbeit sprach. es kam ihr vor, als wären diese zärtlichen worte nur für sie gedacht.
als er fertig war, nahm er wieder wortlos ihr handgelenk, band ihr die uhr um, behielt aber ihre hand in seiner und schaute auf zu ihr:
«willst du nicht bei mir bleiben?»
sie ließ ihre hand ruhig in seiner.
«mein name ist jakob.»
sie blieb.
jetzt mußten sie eine richtige wohnung suchen. dann kam das mezzanin. sie hatte mezzaninwohnungen schon immer gehaßt. aber ihr mann bestand darauf. er hatte so lange gesucht, bis er diese wohnung gefunden hatte.
«jetzt gehören wir niemandem mehr an; wir sind der zwischenstock.»
ihr reich war die küche, die zwischen dem schlafzimmer und seinem arbeitszimmer lag, in dem er auch die wenigen kunden empfing. es gab nicht viele aufträge, aber es genügte.
er war ein sehr ruhiger ehemann und achtete immer auf seine frau. und er sprach nie viel; nie von sich, von seiner familie oder von seiner jugend.

einmal in der woche gingen sie essen. «ich darf meine frau zum essen einladen», sagte er dann feierlich.
jakob ging jeden sonntag fischen, zu dem kleinen see in der nähe. nie mit der angel, immer mit dem netz. er wollte die fische nicht verletzen; das machte dann seine frau. jedesmal, wenn sie den fisch ausnahm, dachte sie bei sich: «er redet mit den fischen, weil sie keine antwort geben.»
doch mit der zeit hatte sie sich damit abgefunden. «er braucht seine einsamkeit; zum mittagessen kommt er dann zu mir. und zum abendessen auch.»
die mahlzeiten wurden dann zu einer zeremonie. sie erzählte, fragte nach der arbeit, nach aufträgen, nach kunden; er antwortete einsilbig. manchmal – sehr selten – erzählte er von kunden. nach dem mittagessen zog er sich wieder zurück, legte sich auf die couch und rauchte eine zigarette.
sie sorgte dafür, daß immer eine packung zur hand war; mit stolz waltete sie dieses amtes.
jeden abend gingen sie nach dem essen eine stunde spazieren. die lindenallee entlang. er wußte, wie sehr seine frau diese straße mit ihren bäumen liebte. sie sprachen kaum dabei. in der mitte des weges blieb sie stehen, holte die zigarettenschachtel heraus und hielt sie ihrem mann hin. er nahm eine und fragte jeden abend: «willst du auch eine?»
«ach, sei still!»
in solchen momenten glaubte sie, sie wären unbesiegbar.

dann, eines tages, zog sich jakob nach dem mittagessen zurück, legte sich auf die couch und rauchte seine zigarette. als er zum abendessen nicht erschien, öffnete seine frau die tür und fand ihn tot auf der couch.
seither hat sie kein fleisch mehr gegessen.
sie blieb im mezzanin wohnen und änderte auch sonst nicht ihre gewohnheiten. einmal in der woche kehrte sie sein arbeitszimmer und putzte die werkzeuge.
nun verließ sie das haus sehr selten, nur zu besorgungen – bis auf zwei ausnahmen.
seit seinem tod ging sie fischen, jeden sonntag.
sie ruderte auf den see hinaus, warf ein kleines netz aus und schaute dann ins wasser; das beruhigte sie. irgendwann zog sie das netz heraus, nahm die fische in die hand, küßte sie einzeln und warf sie wieder ins wasser.
und jeden freitag ging sie in den zoo.
früher war sie immer mit ihrem mann dorthin gegangen.
sie seien trotz alledem noch ungezähmt und könnten sie jeden augenblick anfallen. das liebte er an löwen. er ging zuweilen so nahe an den käfig, daß sie um sein leben bangte.
eines tages hatte sie ihren mann gefragt:
«welcher ist deiner?»
er zeigte auf ein prachtexemplar, das in der mitte des rudels lag und alles im griff hatte.
«und wie heißt unser löwe?»
jakob fiel nicht gleich ein name ein, er drehte sich langsam zu seiner frau um und sagte:
«leo!»

128 seit sie witwe war, ging sie jeden freitag früh in den zoo. «da sind die löwen noch nicht müde von dem vielen publikum.» an diesem tag ging sie immer in aller frühe zum friseur; sie wollte ja ordentlich aussehen für leo. und sie erzählte dem wärter, sie sei jetzt verwitwet und werde jeden freitag allein kommen – das schulde sie ihrem mann.

sie schlief immer in der mitte des märchens ein, mit einer hand auf meiner brust. in der nacht, halb wach, hob sie die hand, die eingeschlafen war, und schüttelte sie in der luft. dann schlief sie weiter.

ihre füße waren groß und immer wund von den schuhen, immer. ich küßte diese füße, bevor ich sie eincremte, jede nacht. bevor sie sich zu mir legte, nahm ich ihre wilden strähnen, ordnete sie und schob sie ihr hinter die ohren. ihr hintern war groß, und ich schlug gerne darauf. versäumte ich einmal meine pflicht, ermahnte sie mich schmollend.

dann drehte ich sie jäh um (zuweilen mochte sie es, grob angefaßt werden), und sie reckte mir ihr hinterteil entgegen, damit es die schläge gut empfangen konnte. hernach verteilte ich nasse küsse auf dem großen hintern.

wir haben uns auf einem fest kennengelernt. ich stand auf der terrasse; sie kam auf mich zu und grüßte. wir setzten uns im garten auf eine bank und unterhielten uns lange. oft unterbrach sie mich, mit einem lächeln, das mich mit allem um mich herum versöhnte. es wurde dunkel, und wir genossen es. plötzlich sah ich licht in einem treppenabgang, der zum keller führte.

«sehen sie das licht.»

«wollen wir nicht nachschauen?» fragte sie.

wir gingen zur treppe.

«wollen wir unser leben riskieren und hinuntergehen?»

«wenn sie mich beschützen!»

«willst du denn beschützt werden?»
«ja!» sagte sie, ohne mich anzuschauen.
ich nahm ihre hand, und wir gingen hinunter. sie lehnte sich an eine wand, und ich ging zur gegenüberliegenden; wir schauten uns eine weile an. sie lächelte nicht, sagte nichts und hielt meinem blick stand. dann erlosch das licht.
«warst du es?»
«nein!» sagte sie, «und du wolltest mich beschützen.»
«bleib, wo du bist, ich finde dich!»
«ja!»
«und schließe die augen!»
«warum?»
«dann finde ich dich leichter.»
ich tastete mich vor und war plötzlich bei ihren brüsten. sie fiel mir in die arme, und wir küßten uns. ich griff in ihr kleid und nahm eine brust in meine hand.
«drück mich ruhig gegen die wand!»
dann ging das licht an. sie schlang die hände um meinen hals und küßte mich; ihre zunge wilderte in meinem mund. ich schob sie zurück und biß leicht in ihre unterlippe.
«ja!» murmelte sie, und ich biß ein wenig heftiger.
und das licht ging wieder aus.
ich ließ ihre brust los, nahm ihr linkes ohr zwischen zwei finger und küßte es.
«nein!» sagte sie. «das darfst du nicht tun.»
«warum nicht?»
«dann werde ich ganz kirre.»

ich ließ sie stehen und suchte den lichtschalter. als ich mich wieder umdrehte, stand sie an der wand, das kleid in einer hand, weit von sich gestreckt. der andere arm hing an ihr herunter. sie hatte keinen slip an.

«ich heiße sophie!»

ich schaute sie nur an.

«kannst du nicht zu mir kommen?»

ich ging hinüber, hielt mich fest an ihrer rechten brust und nahm ihr linkes ohr in den mund. «ich mag es, wenn du kirre bist.»

«kannst du das licht nicht ausmachen?» flüsterte sie.

ich wollte mich gerade von ihrem körper lösen, da nahm sie meine hand und zog mich hinter sich her in einen nebengang; hier war es halbdunkel. sophie reichte mir ihr kleid, ich breitete es auf der treppe aus – sie kniete sich darauf und bot sich mir an.

auf dem weg zu ihr sagte sie:

«ich glaube, alle passanten wissen, daß wir es gemacht haben.»

«woran erkennen sie das denn?»

ohne sich umzudrehen, sagte sie: «natürlich an meinem gang.»

ich lachte laut.

«du mußt mir etwas versprechen.»

«ja?»

«du mußt mich in die arme nehmen und mir ein märchen erzählen, sonst kann ich nicht einschlafen.»

als ich am morgen aufwachte, lag ihre hand noch auf meiner brust; ich küßte ihre finger. sophie murmelte verschlafen: «frühstückst du mit mir?»
«ja!»
«hilfst du mir beim frühstückmachen?»
«ja!»
wir saßen auf dem balkon, tranken unseren tee und schauten uns an.
«was machst du bei unserem ersten streit?»
«ach, ich prügle dich nieder!»
«ja, ja! ich glaube aber, du schlägst die tür zu und gehst.»
ich griff zwischen ihre beine. sie stellte die tasse auf den tisch, öffnete ihren morgenmantel und nahm die linke brust heraus: «sie wartet.»
ich nahm sie in den mund, und wir liebten uns.

danach beschlossen wir, spazierenzugehen. als ich aus dem bad zurückkam, stand sie vor mir in einem himmelblauen kleid.
«nimmst du mich so mit?»

am abend fand ich eine mail vor:
«laß mich ein wenig suhlen in unseren sünden; ich brauche zeit.»
einmal, als ich für zwei tage verreisen wollte, hat sie mich befriedigt, mit dem mund, mit der hand. dann fing sie meinen saft in einem taschentuch auf.

«das behalte ich, bis du wiederkommst.» und sie steckte es zwischen ihre brüste.

als sie nach der ersten nacht bei mir aus der dusche kam, küßte sie meine nase und warf das nasse handtuch auf das bett.
«nicht dorthin, sonst wird das ganze bett naß», sagte ich und breitete das handtuch auf der heizung aus.
«das hat mir niemand austreiben können, nicht einmal meine mama!» zwitscherte sie und schlug mit beiden händen auf ihren weißen hintern:
«bekomme ich keinen kaffee?»
wenn ihre brille schmutzig war, nahm sie sie ab und streckte sie mir entgegen:
«du?»
ich glaube, sie ahnte nicht, wie sehr ich sie in diesen momenten liebte.

jeden morgen geht lina zum meer mit ihrem luftballon.
dann setzt sie sich an den strand, spielt mit ihrem zopf, schaut ins wasser und winkt den fischern zu, die gerade hinausrudern.
abends, wenn die fischer zurückkommen, sitzt lina noch immer am meer. sie steht dann auf und schaut in ihre netze; sie sucht einen fisch.
lina findet ihren fisch nicht und geht mit ihrem luftballon nach hause; die fischer schauen ihr traurig nach.
eines abends, lina sitzt noch am meer und schaut ins blaue. plötzlich springt sie auf, hält die hand über die augenbrauen und späht über den meeresspiegel:
ein fisch schwimmt ihr entgegen, bis er vor ihr strandet.
er schaut zu ihr auf und öffnet das maul; lina versteht: der fisch will etwas sagen.
sie dreht sich zu den fischern, die gerade zurückkehren, sie hüpft auf der stelle, winkt ihnen zu und zeigt auf den fisch.
die fischer steigen aus ihren booten und eilen zu ihr. lina legt den finger an die lippen; die fischer machen es ihr nach.
lina hält sich an ihrem luftballon fest.
der fisch singt, leise, melodisch: die fischer fallen in schlaf.
der fisch verstummt und schaut zu lina auf; sie läßt den luftballon los, der sogleich aufsteigt. dann kniet sie, öffnet beide hände und hält sie dicht aneinander; der fisch zappelt und kriecht, bis sie ihn in ihre hände schließt.

lina trägt ihn ins wasser, taucht die hände unter und gibt den fisch dem meer zurück.
als sie zum strand zurückkehrt, findet sie eine muschel.
lina glaubt, das sei ein geschenk von ihrem fisch.
sie hebt die muschel auf, hält sie ans ohr und schüttelt dann den kopf.
sie hält die muschel an das ohr der schlafenden; sie wachen auf.
lina küßt die muschel, wirft sie weit ins meer und geht allein – ohne ihren luftballon – nach hause.
die fischer schauen ihr traurig nach.

er schlenderte umher und war mit sich zufrieden. da sah er sie; ihm fielen die brüste auf.
«sie hat einen tröstenden mund; dieser mund kann noch einiges mehr.»
«wieder ein müder mann; aber die können ihre hände einsetzen.» und sie blieb stehen.
«sie haben gerade nachgedacht über meine brüste.»
»ja, sie sind groß!»
«wenn die richtigen hände sie gebrauchen, liebe ich sie.» und sie las in seinem gesicht eine bewegung.
«teilst du die nacht mit meinen brüsten?»
ihm fiel auf, daß sie kleine kinderhände und abgekaute fingernägel hatte. er schaute ihr in die schwärzlich unterwühlten augen, spuckte aus und ging mit ihr.
sie ging neben ihm her – wortlos.
«genauso will ich ihn haben, wild und arrogant. er soll mich niederwerfen, meine nervenkraft erschöpfen, bis ich schamlos glücklich bin.»
«ich werde mich in ihre brüste vergraben, bis sie laut wird und ordinäre liebesworte sagt. ihre schenkel sind füllig, und ich werde hermmungslos hineinfassen.»
«mein name ist marianne.» und sie blieb vor ihrer wohnungstür stehen. sie gab ihm den schlüssel, zog sich das kleid über den kopf und drückte es ihm in die hand. er öffnete die tür und ließ sie vortreten. sie stolzierte durch den dunklen gang und machte das licht an. mit der unbekümmertheit der dicken frauen ging sie zum fenster und

zog die vorhänge zu. dann lehnte sie sich an den fensterrahmen, kreuzte die hände über den brüsten und wartete.
«ein guter fang!» dachte er.
«ich bitte nur auf meine großen zehen achtzugeben. mit dem rest meines körpers kannst du tun, was du willst. du mußt wissen, ich küsse jeden morgen meine großen zehen. sie stehen zu mir, und ich will ihnen die treue halten.» und sie ließ die hände sinken.
er ging auf sie zu und nahm ihre brüste. sie machte sich so köstlich klein und küßte ihn auf den mund – unbekümmert und lange. dann kniete sie, öffnete seine hose und nahm, was sie wollte. sie warf das haar nach hinten, blickte auf und fragte: «wie viele mätressen hat seine majestät?»
die antwort wartete sie nicht ab; sie nahm die eichel in den mund.
«ein vorzüglicher schwanz zur bewältigung des kummers», dachte sie.
der wandspiegel im schlafzimmer war mit einem schwarzen tuch verhängt.
«würdest du bitte den spiegel aufdecken?»
er starrte sie an.
«ich möchte gerne zusehen, was du alles mit mir anstellst.» sie wolle auch das licht anlassen. «wahre bilder fliehen schnell.» und sie legte sich auf den rücken. er liebkoste erst die großen zehen, einzeln und lang. dann öffnete er ihre beine, legte sie sich über die schultern und stieß hinein. sie wandte den kopf zur seite und betrach-

 tete die zwei leiber im spiegel. schnell nahm er das handtuch vom nachttisch und legte es auf ihr gesicht. sie wehrte sich nicht, versuchte nicht einmal das handtuch abzuwerfen und gab sich ganz seinen stößen hin, bis er erschöpft auf sie sank – sie behielt ihn für eine weile für sich.
«hast du einen kaffee?»
sie küßte seinen bauch und verschwand in der küche; später lagen sie nackt im bett. er rauchte seine zigarette, und sie streichelte ihn, bis sie wieder jene bewegung in seinen augen sah. mit einem ruck zog sie die decke weg, lächelte zufrieden und verteilte einige küsse. dann ritt sie auf ihm, gab kleine schreie von sich und winselte. ihr großer mund öffnete sich mit jedem stoß und wurde herrlich unförmig. schließlich bat sie leise, kommen zu dürfen, und versprach einiges mehr. sie ruhte sich nur kurz aus.
«ich bin nur ein hafen, du kannst kommen und gehen; hier gibt es keine tür.»
«ich werde die nacht in diesem mund verbringen», dachte er und warnte sie: «seine majestät kann sehr rüde sein.»
«was kann mir schon passieren?» sie legte die hand auf seinen bauch und drückte. «schlafen wir eine runde? der morgen ist weit.» beschützend nahm sie den vogel in den mund, drapierte ihr haar darüber und kroch wortlos herum, bis ihr arsch in sicheren händen lag.
am morgen fand sie keinen zettel, nicht einmal einen zerknitterten geldschein auf dem tisch, wie sie befürchtet hatte. sie schaute an ihrem körper hinunter: ihre großen zehen waren zusammengebunden.

nana verlangsamte ihre schritte, sie wollte ein wenig herumschlendern. sie gefiel sich in weiß. das kleid war kurz und eng, auch der slip und die stöckelschuhe waren weiß. das knistern ihrer weißen glitzerstrümpfe wirkte auf männer wie ein lockruf; doch sie überhörte die bemerkungen. einer griff sogar nach ihr. ohne sich umzudrehen, schlug sie nach der hand und ging weiter.

schließlich fand sie ein straßencafé an einem weiten platz, der ihr gut gefiel. «hier werde ich etwas trinken, eine weile in die menschenmenge schauen, bis der abend kommt.»

der blick des kellners blieb in ihrem ausschnitt hängen.

«hey! ich habe einen campari mit eiswürfeln bestellt!»

sie schlug die beine übereinander, suchte in ihrer handtasche und beobachtete die anderen gäste. ihre blicke fanden bald einen einzigen mann, der in frage käme. dick, ältlich, mit einer halbglatze.

«vielleicht», dachte sie, «der macht mir keine große mühe.» sie fand die zigaretten. «vielleicht später; jetzt habe ich keine lust auf männerschweiß.»

«danke!» sagte sie laut und entschieden zum kellner und wühlte weiter in ihrer tasche.

ein feuerzeug flammte vor ihrem gesicht auf. nana taxierte den mann. groß. kräftig. leger gekleidet. eine verblaßte narbe in der linken gesichtshälfte. sinnliche lippen. scheue augen.

sie zündete ihre zigarette an und sagte geziert: «merci!»
«darf ich mich zu dir setzen?» und schon saß er neben ihr.
«hm, du darfst!»
er hob den finger und suchte den kellner. «was trinkst du?»
«einen campari mit eiswürfeln!» und sie dachte: «er hat die augen eines verletzten tieres.»
«und für mich einen doppelten espresso.»
er zündete sich eine zigarette an: «campari ist nicht gut für kleine mädchen!»
der ton gefiel ihr, und sie konterte: «und du bist ein kleiner junge.»
nana lehnte sich zurück und wippte mit dem bein, er legte seine hand auf ihr knie. die hand war groß und kräftig. sie dachte, diese hand kann zuschlagen, und öffnete die beine; und schon griff er an. dieser griff. er nahm sofort besitz von ihr.
nana war nun sicher: diese hände gehören einem matrosen. aber sie wußte nicht, warum sie sicher war. vielleicht wegen des matrosen, mit dem sie einmal für eine woche unterwegs gewesen war, bevor er sie zusammengeschlagen und weggeworfen hatte. sie schloß die beine, hielt seine hand gefangen und lachte: «und wie heißt du?»
sein blick schweifte umher, als ob er etwas bestimmtes suchte. «kleine jungs haben keinen namen.» und er trank seinen espresso in einem zug aus.
«und was macht der kleine junge hier?» sie preßte die schenkel gegen seine hand und gestand sich, daß sie diese hand gerne küssen würde.

«nicht gleich alles hergeben, nana!»

«er will das kleine mädchen ans meer bringen.» jetzt schaute er ihr direkt in die augen. nichts verletzendes lag in diesem blick. nana hatte das bedürfnis, ihren kleinen jungen in die arme zu nehmen. «oh, ja! das will das kleine mädchen.»

er stand auf, griff in seine hosentasche, holte geld heraus, warf einen schein auf den tisch und sagte: «gehen wir!»

sie sprang hoch, strich das kleid zurecht und schaute auf ihre beine. «ob die zu dick für ihn sind?» langsam wandte sie sich um und spähte nach dem dicken mann. er schaute mit einem hündischen blick zu ihr herüber; sie hängte sich bei ihrem matrosen ein und folgte ihm. er ging schnell, ohne sie zu beachten; als ob sie seit jahren zu ihm gehörte. und sie wußte, ihr kleiner junge würde sie gut beschützen.

zwei straßen weiter stand sein auto. das auffällige daran war die farbe.

«ich liebe gelb», sagte nana laut und fürchtete, er habe das gar nicht gehört.

«steig ein!» bald waren sie aus der stadt; er hatte die landstraße genommen.

«wenn mein matrose noch einmal in den rückspiegel schaut, dann frage ich ihn, wovor er angst hat.»

sie fuhren auf einer verlassenen straße nach süden. die sonne blendete sie und löschte jedes gefühl für die wirklichkeit der landschaft um sie herum aus. er schaute wieder in den rückspiegel. und sie dachte, es ist unmöglich,

dem unsichtbaren zu entkommen. nana wischte ihren ärger fort und freute sich auf die nacht, die alles entwirrt. und schon fühlte sie sich wohl. gelöst. träge. sie lächelte, schaute zu ihrem kleinen jungen und fragte sich, wovor er floh. sie warf einen blick auf ihre beine; jetzt kamen ihr die strümpfe zu glitzrig vor.
«kannst du einen moment anhalten?»
«warum?»
«die strümpfe. ich habe sie für den abend ausgesucht, für den nachmittag sind sie zu warm.»
er fuhr weiter, bis er einen ausladenden baum auf der rechten seite entdeckt hatte; dort hielt er an.
sie warf ihm einen blick zu und hätte beinah seine nase geküßt. als sie ausstieg, ließ sie die wagentür offen, kehrte ihrem matrosen den rücken zu und zog sich die strümpfe aus; sie ließ sich zeit dabei.
«er soll ruhig sehen, was er später bekommen wird; vielleicht gefallen ihm kräftige beine ja.» über die schulter warf sie einen blick zurück zu ihm und war froh, daß er sie im visier behalten hatte. sie steckte die strümpfe in die tasche und fragte:
«darf ich wieder zu dir einsteigen?»
er nickte, ohne sie aus den augen zu lassen. sie stieg ein und zeigte soviel bein wie nur möglich; aber er rührte sich nicht. eine weile schauten sie sich nur an, wortlos. dann legte sie die tasche auf den rücksitz, griff in seine jackentasche, holte die zigaretten und das feuerzeug heraus, zündete sich eine zigarette an, nahm einen tief zug und blies den rauch aus.

«verdammt; der kerl macht auch gar keine anstalten, hinzulangen.» sie beugte sich vor, küßte seine nase und ganz flüchtig auch die blasse narbe. sie steckte ihm die zigarette in den mund, bückte sich, öffnete seine hose, holte seinen schwanz heraus und betrachtete ihn, bevor sie die eichel küßte und in den mund nahm. sofort füllte der schwanz ihren mund aus und stieß gegen ihren rachen.

«du wirst nicht würgen, du miststück!» befahl sie sich und beschloß, sich zeit zu lassen. sie küßte, lutschte, leckte und nahm sich alle freiheiten.

als sie einmal aufblickte, saß er ganz ruhig da, rauchte seine zigarette und schaute auf sie hinunter.

wieder nahm sie ihn in den mund und wollte ihn nicht mehr loslassen. jetzt spürte sie seine hand in ihrem nakken. dieser griff. sie war erregt und kletterte auf den sitz.

«gott sei dank liege ich jetzt nicht unter einem dicken zombie und muß seinen schweiß ertragen.»

seine hand schob sich in ihr kleid. «hoffentlich zieht er mir den slip aus.» er tat es nicht. dafür schlug er auf ihren hintern. nana mochte diese schläge. sie waren rhythmisch und nicht dafür gedacht, ihr weh zu tun.

«gib mir alles. gib mir alles, was du hast!»

die hand schlug zum letzten mal auf ihren hintern; die andere lockerte den griff. behutsam ließ sie seinen schwanz los, leckte ihn sauber und gab ihm einen langen kuß. dann steckte sie ihn in die hose, hob den kopf und sagte: «ich habe alles getrunken!»

er holte eine zigarette heraus. sie zündete ihm eine an und fragte:

«kann ich auch eine haben?»
«das ist nicht gut für kleine mädchen!»
sie lachte, zündete sich eine zigarette an und steckte alles wieder in seine tasche. er war damit beschäftigt, im rückspiegel nach dem unauffindbaren feind zu spähen. nana merkte, daß ihre augen sich mit tränen füllten; sie wandte den kopf zur seite und weinte lautlos. er faßte ihr kinn und drehte ihr gesicht zu sich.
«es ist nichts. du weißt ja, frauen weinen manchmal. das macht sie leicht und heiter.»
seine hand strich über ihren mund und wollte sich zurückziehen; aber sie hielt sie fest.
«hat es dir gefallen?» und schon haßte sie sich wegen der frage. sie drehte seine hand um und küßte die innenfläche.
«fahren wir weiter?» fragte er wie abwesend; sie schaute auf und küßte seinen mund.
mit einer hand ordnete sie das kurze haar. «heute nacht drücke ich ihm meinen arsch in die hand. dann kann er meinetwegen ganz in mich hineinkriechen und braucht nicht mehr in den rückspiegel zu spähen.» wortlos streichelte sie seine hand am steuer.
in der ferne erschien eine tankstelle. «wir müssen tanken.» sie nickte, obwohl er sie gar nicht gefragt hatte. neben der tankstelle stand ein kleines haus, ein wenig versetzt. «gelb!» und sie freute sich. ihr matrose parkte und stieg aus. «bleib sitzen!»
dann ging alles sehr schnell. die haustür wurde aufgerissen. vier männer stürmten heraus. nana öffnete die tür

auf ihrer seite und bekam sofort eine ohrfeige. «bleib sitzen, du nutte!»
die hand drückte sie runter, sie lag mit dem gesicht auf dem boden des autos; ein stiefel saß in ihrem nacken.
sie konnte nichts sehen; dafür wollte sie alles hören.
dumpfe geräusche. ein keuchen. ein verletztes tier keuchte, ein paar schritte von ihr entfernt. jetzt dachte sie, sie habe mit ihrem matrosen zu laut gesprochen. «wir hätten flüstern sollen.» und sie machte sich vorwürfe.
«warum müssen männer alles durcheinanderbringen?»
auch ihr kleiner junge war so.
der stiefeldruck ließ nach, eine hand griff in ihr haar. das war nicht der griff, den sie liebte. die hand riß sie aus dem auto, das sofort losfuhr.
nun stand sie mit dem gesicht zum gelben haus. das auto war fort. ihr kleiner junge war fort. nur eine blutspur fand sie, die ins haus führte. an der geschlossenen tür lehnten zwei männer, beide hände in den hosentaschen und machten den eindruck, als ob sie sehr viel zeit hätten.
nana wischte sich über den mund, faßte sich zwischen die beine und zog den slip aus –
ohne die männer aus den augen zu lassen.
langsam ging sie in die hocke und pißte. dabei grinste sie die beiden an und hielt ihren slip in der hand fest. als sie aufstand, putzte sie ihre möse mit dem slip ab, schwenkte ihn über ihrem kopf wie eine fahne und warf ihn fort. die männer bewegten sich nicht. sie warf einen blick hinter sich. auch hier stand ein mann, auch er hatte die hände in der hosentasche und wartete.

146 sie ging langsam zum gelben haus. dort stellte sie sich an die mauer, zog mit einem ruck das kleid über den kopf und ließ es fallen. mit einer hand ordnete sie ihr haar. jetzt legte sie beide hände auf die mauer, drückte ihr gesicht darauf und streckte den arsch von sich.
nana wußte, was jetzt kommen würde. sie wußte auch, daß sie stillhalten würde.

gegen mittag wachte ellen auf, sprang nackt aus dem bett, eilte zum fenster, schloß es und schlüpfte wieder ins bett.
eine wespe blieb im zimmer, vom herbst benommen. sie nahm kurs und schlug gegen das fensterglas. nach dem zweiten versuch fiel sie auf das parkett und kreiste summend um ihre achse. ellen sprang auf, nahm die wespe zwischen zwei finger, öffnete das fenster und warf sie hinaus.
mit der wespe warf sie alle scham fort.
«ich will genießen; in den zeiten der auflösung begehrt mein körper auf.»
sie kroch wieder ins bett, legte sich auf die seite, damit sie zum fenster schauen konnte, nahm ein großes kissen in den arm und streichelte es.
«scheißkerl!» sie schluchzte und biß ins kissen; schließlich schlief sie wieder ein.
erst gegen abend verließ sie das bett, schüttelte ihr langes schwarzes haar und ging ins bad. sie mied den spiegel und duschte kalt – lange. danach lief sie nackt in der wohnung herum, ohne sich abzutrocknen. sie trank einen espresso, aß dazu ein kleines stück brot, am fenster stehend. ellen blickte auf einen kleinen park, der nun im gelben kleid dastand. sie liebte den herbst und blieb lange am fenster stehen.
«heute gehe ich doch zum fest!»

sie zog ein langes, tief ausgeschnittenes kleid an, darüber eine schwarze bluse, ging zur kommode und blieb davor stehen.
«kein slip! es ist meine nacht!»
dann stieg sie in ihre dunklen hochhackigen stiefel, die sie noch größer machten, als sie ohnehin schon war, nahm ihre handtasche und lief zur tür. sie blieb vorm spiegel stehen und spielte mit ihrem haar. schließlich band sie es zu einem knoten zusammen und steckte es mit einer nadel fest.
sie verließ das haus. unter dem vordach rauchte sie eine zigarette und genoß den regen. dann beschloß sie, eine weile zu fuß zu gehen.
«der regen tut mir gut; er macht meinen körper begehrenswert.»
später nahm sie ein taxi.
ellen betrat die wohnung ihrer freundin, die zum fest eingeladen hatte, begrüßte einige männer und küßte zwei freundinnen. dann ging sie zur bar, mixte sich eine große bloody mary mit viel wodka und stellte sich im wohnzimmer, das voller gäste war, in die tür.
ellen taxierte die männer mit ungeübtem blick. eines wußte sie: «ich war zu lange in festen händen.»
dann fand sie ihn. er war mitte fünfzig, klein, sehr fein angezogen und stand allein in einer ecke. das glas in der hand, betrachtete er die paare – gleichmütig.
«ein genießer.»
dann dachte sie: «hoffentlich rieche ich nicht nach einsamkeit.»

und sie befahl sich, nicht an leons graue augen zu denken. doch das beruhigte sie noch immer nicht. ellen griff in ihr dekolleté und streichelte ihre brüste.
«der kerl hat einen verruchten blick – er weiß, was er will.»
sie nippte an der bloody mary: «ellen schmilzt, würde leon jetzt sagen.»
ein großer schluck: «vorwärts, ellen! geh hin und ergib dich seinem drachen.»
ihr blick traf den mann zwischen die augen; er lächelte sie an.
ellen ging sehr langsam auf ihn zu.
«er wird mein herz in ruhe lassen und sich auf meinen körper konzentrieren.»
als sie ihn ansprach, war ihre stimme ein wenig rauh. sie dachte, das gefällt den männern.
«wir werden unseren körpern gehorchen, die ganze nacht!» und sie zog mit einem ruck die nadel aus dem haar; ihr schwarzes haar flutete auf ihren rücken.
er blickte zu ihr auf, stellte sein glas auf den tisch und nahm ihr die nadel ab.
«das werden wir tun.»
sie beugte sich zu ihm hinunter und küßte ihn auf den mund.
draußen war es kalt. sie sprachen kein wort. er hatte nur seine hand um ihre taille gelegt. das gefiel ihr. «er hat einen schönen griff.»
im taxi öffnete sie das fenster und knöpfte die bluse auf. sie wollte den herbst in ihrem haar und ihrem kleid spüren; ihre brüste mochten die kälte.

ellen zog ihr kleid hoch und entblößte die schenkel. der mann reagierte nicht. sie zündete sich eine zigarette an und lehnte die hand aus dem fenster. ohne sich umzudrehen, griff sie mit der linken nach seiner hand, legte sie auf ihre schenkel und schaute weiter zum fenster hinaus. er ließ seine hand zwischen ihre vollen schenkel gleiten; sie schloß die beine.

«die hand ist schon mal gefangen», dachte sie und legte ihre linke hand auf seinen schoß.

in der wohnung ging ellen zielstrebig ins schlafzimmer; er folgte ihr. sie warf den mantel und die bluse auf die couch und hielt ihm den mund hin. er nahm ihn sofort in besitz, küßte ihn, biß in ihre lippe und küßte ihn wieder, sehr lange.

«du wirst meinen mund liebkosen, richtig liebkosen, auch mit deinem schwanz!» in diesem moment hoffte sie, daß sein schwanz nicht sehr dick war.

er griff in ihr kleid und holte die brüste einzeln heraus. er nahm sie in die hand, massierte sie ein wenig, dann küßte er sie.

«wie heißen die denn?»

«limonka. leon nannte sie so», dachte sie.

«was kümmert dich das? nimm sie nur!»

und weiter dachte sie: «jetzt sitzt leon in seiner küche und blättert in bildbänden. dabei hätte er genausogut seinen schwanz in meinem mund haben können. ich hätte ihn sehr langsam geküßt, und er hätte mich nicht anfassen dürfen und müßte weiter in seinen büchern blättern.»

sie befreite ihre brüste aus den händen des mannes, legte ihm den zeigefinger auf den mund und sagte: «du bekommst alles!»
sie ging zum cd-player: «seichte klaviermusik, ohne auf und ab!»
ellen lief wieder zu dem mann und wandte ihm den rükken zu.
«soll ich mich sehr langsam ausziehen? oder willst du hand anlegen?»
ihr großer, nackter rücken war eine einzige herausforderung. sie überlegte, wie er damit umgehen würde: «beißt er hinein, in meine schultern?»
er entdeckte jetzt den tätowierten drachen auf ihrem rükken und fuhr sehr langsam mit dem finger daran entlang, bis er schließlich den fuß des drachen erreichte – in ihrer pospalte.
«heute ist mein tag – du kannst gleich mein kleines loch nehmen!»
sie kletterte auf das bett – und bot sich ihm auf allen vieren dar. dann führte sie ihre hand zum mund und nahm viel spucke.
«tu, was du willst! denk nicht an mich!»
sie faltete die hände in ihrem nacken und drückte fest – mit geschlossenen augen.
er hielt ihre hüften fest und liebte sie sehr langsam. gelegentlich schlug er auf ihren hintern: «es klatscht so schön!»
«ja, es klatscht so schön», antwortete sie.

dann dachte sie: «leon zerlegte mich richtig. dieser hält mich nur fest, dann kann ich mich austoben. je weniger er tut, desto mehr raum für mich.» sie vollführte kleine stöße mit dem hintern und fühlte, wie der mann hinter ihr zum höhepunkt kam.
«hoffentlich hält er seinen mund, wenn er sich entlädt.»
jetzt kämpfte sie mit den tränen.
dann war der mann soweit. er sagte nichts. kein wort. er hielt sie nur fest. nur das. ellen war ihm dankbar dafür und drückte sich ihm fest in die hände.
nach einer weile befreite sie sich sanft daraus und verschwand im bad. ein ängstlicher blick in den spiegel; ihre augen waren nicht verweint. sie befeuchtete das gesicht mit kaltem wasser und kehrte mit einem nassen tuch ins zimmer zurück. er lag auf dem rücken und wartete auf sie. ellen wusch seinen schwanz und dachte:
«er ist klein, nicht dick, aber fest; er gefällt mir.»
sie küßte ihn und nahm ihn kurz in den mund.
«bleib ruhig liegen; ich will deinen monsieur pläsier langsam genießen.»
er ließ sie machen. als er aber kommen wollte, griff er in ihr haar, drückte ihren kopf gegen seinen schwanz und rief ihren namen. ellen genoß seinen griff und schluckte alles. dann ließ sie ihn behutsam aus dem mund gleiten, warf ihr haar zurück und sagte: «wenn du morgen gehst, öffne die fenster und zieh die vorhänge zurück.»
mit der rechten hand hielt sie seinen schwanz, drückte sich von hinten an den mann und küßte sein schmächtiges schulterblatt. sie war fast erschrocken über ihre eigene zutraulichkeit.

«erzähl mir etwas!»
sie küßte noch einmal sein schulterblatt und flüsterte: «erzähl mir etwas von deiner frau!»
dann schloß sie die augen.
«ich werde schlafen. in den winterschlaf hinein. erinnert sich der winter manchmal an etwas, das leon mit meinem körper machte? erinnert sich der winter an den schlitz zwischen meinen beinen, in den er so gerne flüchtete?»

gesche liegt auf dem bauch. sie schreckt mit einem schrei auf, schlägt die decke zurück, sucht mit der hand das bett ab und findet niemanden. noch benommen springt sie auf, eilt zum waschbecken, spritzt sich wasser ins gesicht, schüttelt das schwarze haar, betrachtet sich im spiegel und spricht mit ihrem ebenbild. dann holt sie aus dem schrank ein schwarzes kleid, zieht es über den kopf und verläßt die wohnung – barfüßig.
im park bleibt sie vor einem baum stehen; hier entledigt sie sich des kleides. gesche umarmt den baum und küßt ihn, sie lehnt sich mit dem rücken gegen ihn, streichelt ihre möse und singt mit geschlossenen augen.
ein mann nähert sich ihr, bückt sich, hebt das kleid auf und überreicht es ihr. gesche öffnet die augen und zieht sich an. sie nimmt seine hand, zieht ihn hinter sich her, bis sie ihre wohnung erreicht haben. hier schließt sie die tür, holt einen stuhl, setzt den gast darauf, stellt sich hinter ihn und beginnt zu sprechen:
«ich habe ihn in einem café angesprochen. ich schlenderte gerade ziellos umher; da habe ich ihn durch das fenster gesehen. er rauchte seine zigarette so genüßlich, daß ich lust auf seinen mund bekam. ich ging hinein und bot mich ihm dar – dabei sprach ich ein wort aus, das frauen meist erschrecken würde. kurz davor hatte ich noch geglaubt, meine tarnung sei perfekt. ich hätte nie gedacht, ich wäre je zu solch einem bekenntnis fähig. und ich war sicher: dieses mal wollte ich keinen, der mich hernach wegwirft.

als ich mich setzte, sagte ich leise, er müsse uns nur zeit lassen; dann könne er mit mir machen, wie ihm beliebe. er verstand alles, ich bin sicher. ich bin auch sicher, daß er mich die ganze zeit anschaute.
als ich geendet hatte, gab er mir wortlos seine zigarette, die er fast bis zum filter geraucht hatte. ich nahm sie und hielt sie mir unter die nase. ich wollte nämlich eine ahnung davon bekommen, wie der mann roch, der mich bald in den händen hätte. ich wollte es wissen, noch bevor er mich berührt hatte. ich drückte die zigarette aus, ohne aufzuschauen. er sollte ruhig zeit haben, über mein angebot nachzudenken.
nun war alles gesagt, und ich konnte nur noch auf ein zeichen warten. zum beispiel hätte er sein knie an meines drücken können. aber er ließ sich zeit, bis ich völlig kirre wurde und meinen namen sagte, noch immer mit der zigarette beschäftigt. da warf er eine visitenkarte auf den tisch. ich ließ von der zigarette ab und streichelte die karte. in dem moment stand er auf und ging hinaus, ich folgte ihm.
draußen beschloß ich, neben ihm herzugehen, ohne ihn anzuschauen. ich wollte keinen triumphierenden blick sehen. ich beschloß, überhaupt niemanden anzuschauen. niemand sollte die begierde in meinen augen sehen; mein gang verriet genug.
wir liefen in einen park. ich wünschte, eine frau hätte am eingang die männer in zwei kategorien eingeteilt: die, die nur ficken wollen, und jene, die mehr wagen.

er schien sich hier auszukennen, denn er führte mich – freilich, ohne mich direkt anzusehen – zu einem abhang. diesmal wartete ich nicht auf ein zeichen, sondern machte einen schritt nach vorn, zog mein kleid mit einem ruck über den kopf und reichte es ihm nach hinten, ohne mich umzudrehen. ich wollte nicht mitbekommen, wie er seinen schlitz öffnete, wie er mich meines privilegs beraubte. und schon kniete ich und überließ mich ihm. er sagte, ich solle geradeaus schauen, nur nicht in den abgrund. der erste satz aus seinem mund. seine stimme bestärkte meine hingabe.
dann drang er in mich ein, ließ sich zeit, bis ich darum bettelte – freilich, ohne seinen namen auszusprechen. endlich stieß er rhythmisch und hart. bald zappelte ich so in seinen händen, daß er mir einige schläge auf den hintern geben mußte; und schon war ich ruhiger und genoß seinen festen griff. aber als ich den höhepunkt erreichte, da ließ er mich fallen. ich fiel und fiel und rief seinen namen in einem langgezogenen schrei …»

jetzt geht gesche hinter dem stuhl auf und ab und sagt: «es muß doch einen gott geben, der – natürlich gegen ein angemessenes opfer – mir den traum zu ende erzählt», sagt sie und bleibt stehen.
der mann erhebt sich und dreht sich um; gesche ist nackt. er will sie in die arme nehmen, doch sie schüttelt entschieden den kopf. sie zieht ihm die jacke und das hemd aus, um dann zu knien und seine hose zu öffnen. sie lächelt und legt sich ins bett, auf den bauch. er legt sich auf sie und beginnt zu reden; sie schweigt.

jetzt liegen sie nebeneinander, stumm. plötzlich springt sie auf, nimmt seine kleider und wirft sie aus dem fenster. dann öffnet sie die tür und wartet. im türrahmen dreht er sich um und will etwas sagen, aber sie schubst ihn hinaus und knallt die tür zu.
mit geschlossenen augen bleibt sie an den rahmen gelehnt stehen. nach einer weile sinkt sie auf den boden, öffnet die beine und masturbiert – bis sie schließlich aufschreit. als sie sich wieder unter kontrolle hat, kriecht sie auf allen vieren zum spiegel und betrachtet ihr gesicht – sie spuckt darauf.

los angeles. pacific palisades. paseo miramar nr. 520: villa aurora. die letzte zuflucht von lion feuchtwanger vor den nazis.

als ich am ersten morgen auf der terrasse tee trinke, muß ich mit mir kämpfen, um zu glauben, daß das panorama vor mir keine postkarte ist. santa ana, jener südwind, der den smog über los angeles fortfegt, hat in der nacht seinen dienst getan. nun liegt der stille ozean zu meinen füßen: so klar, so blau, daß ich befürchte, ich könnte mit einem kieselstein diese glasscheibe zerbrechen.

nachmittags um drei gehe ich hinunter zum ozean, um den bus zu nehmen. in los angeles sind die busse unzuverlässig; so frage ich lieber den fahrer, ob er auch nach westwood fährt. der schwarze busfahrer, schlecht gelaunt und mit irgendwelchen papieren beschäftigt, brummt etwas, das mit einer großen portion guten willens als ja verstanden werden kann. ich werfe die abgezählten münzen in den schlitz und nehme platz.

gerade will der bus anfahren, als ein junger mann, groß, blond, einsteigt und fragt, ob der fahrer auf seine freundin warten könne. er zeigt auf seine uhr und fügt hinzu, er müsse sofort los. der mann steigt aus und stellt sich mit ausgebreiteten armen vor den bus. der fahrer flucht, schreit und gestikuliert. der junge mann wartet, bis seine chinesische freundin kommt; beide steigen ein und setzen sich.

zwei stationen weiter steht der mann auf, geht vor und entschuldigt sich beim fahrer – wieder dasselbe brummen.
eine station später hält der busfahrer, steht auf, dreht sich zu den fahrgästen um, stemmt die hände in die seiten und sagt laut: «sir, i apologize!»
der junge mann geht vor, und sie geben sich die hand.
«amerika, deine athletische demokratie», schrieb einmal walt whitman.
als ich aus dem bus steige, beschließe ich, ihn zu suchen. er muß jetzt in der nähe sein, mein walt whitman, der ewige fußgänger.
schon nach wenigen minuten finde ich ihn.
mit seinem weißen haar, der großen nase und einem zerfurchten gesicht sitzt er auf einer bank, im schatten einer platane, und liest seine zeitung.
der hut neben ihm auf der bank.
«ich trag meinen hut, wie es mir gefällt, drinnen und draußen.»
ich gehe auf ihn zu, bleibe stehen, bis er aufblickt.
«mr. whitman, sir!»
er lächelt und blinzelt.
«die schönheit ist das ergebnis einer bewegung.»
dann füge ich hinzu: «sir, sie hatten recht.»
er faltet die zeitung zusammen, steckt sie in die jackentasche, steht auf, nimmt seinen hut in die hand, und ich beeile mich, meine bitte vorzutragen:
«sir, darf ich sie umarmen?»
walt whitman legt den hut auf die bank und schließt mich in seine arme.

ich schaue in seine jungen augen; er senkt die lider. dann nimmt er seinen hut, setzt ihn auf und geht fort, mit großen, festen schritten.

wir sitzen im zug nach triest. edith fragt, ob ich wisse, daß schloß duino in der nähe sei. wir beschließen, rilke zu besuchen.
da die zugfahrt acht stunden dauert, ruhen wir uns ein wenig aus; im halbschlaf überkommt mich eine vision: ich habe die duineser elegien in mir; ich brauche nur die augen zu schließen und sie einzeln aus dem gedächtnis abzurufen.
ich öffne die augen und bin beglückt über diese fähigkeit: endlich, ich brauche keine bücher.
der rezeptionist im hotel meint, es sei eine fahrt von nur wenigen minuten zum schloß; sie dauert zwei stunden. der bus fährt in rasendem tempo die serpentinen hoch, unten das meer. drinnen ist es so laut, daß wir kein wort miteinander wechseln können.
«aber das wehende höre
die ununterbrochene nachricht
die aus stille sich bildet.»
ich stelle mir vor, wir kommen ins schloß, in rilkes arbeitszimmer, ich berühre seinen schreibtisch, den stuhl; schaue aus seinem fenster auf das meer.
aurisina, hier müssen wir umsteigen. die straßenschilder sind zweisprachig, das liebespaar an der haltestelle flüstert slowenisch. der busfahrer beruhigt mich, er halte direkt vor dem schloß.
alles, was wir dann sehen, ist ein großes holztor, darüber ein elektronisches auge; rundherum hohe mauern.

am tor entdecke ich ein schild: «rimozione forzata».
wer vor rilke stehenbleibt, wird kostenpflichtig entfernt.
edith meint, rilke könne uns nicht empfangen, er sei eingeschlossen.
wir gehen den rilke-weg hinunter und essen einen salat direkt am meer.
eine junge frau läuft auf der mole zum wasser, im weißen kleid, die schwarzen schuhe in der hand. sie erreicht das ende der mole, doch sie springt nicht ins meer, nicht einmal die schuhe wirft sie hinein, in großem bogen.
ich frage, ob edith das schloß für besucher freigegeben hätte.
nein, sie hätte es nur jenen geöffnet, die von rilke erzählen können, ohne daten und fakten.
«daß man erzählte, wirklich erzählte, das muß vor meiner zeit gewesen sein.»
wir kehren zurück und finden an der bushaltestelle einen polizisten, graumeliert mit schönen, ruhigen augen.
«si, rilke!» antwortet er mir.
«ich bedaure, das schloß ist privateigentum des conte und besuchern nicht zugänglich.» ich bedaure, wiederholt er. und er nennt uns einen anderen bus, der direkt nach triest fährt, am meer entlang; aber wir müssen eine stunde warten. der polizist begleitet uns zu einem café, vor dem schloß, und klopft an geschlossene fensterläden, bis eine frau öffnet.
«ja, ja, setzen sie sich nur, ich bringe den kaffee.»
wir sitzen im garten im blick von rilke.

plötzlich blinken die lichter überm tor. es öffnet sich, ein bmw – wohl für die bewacher – und eine limousine für den grafen schießen heraus und rasen davon –
das tor schließt sich.
«wer, wenn ich schriee, hörte mich denn aus der engel ordnungen?»
ich frage mich, mit welchem paß ist rilke gestorben?
die abfahrt des busses naht, wir kehren zum tor zurück. linker hand entdeckt edith einen prellstein und sagt, sie habe beschlossen, rilke habe sich einmal hier daraufgesetzt, und sie wolle es auch tun; dann nimmt sie seinen platz ein.
«und plötzlich in diesem mühsamen nirgends, plötzlich
die unsägliche stelle, wo sich das reine zuwenig
unbegreiflich verwandelt –, umspringt
in jenes leere zuviel.»
in triest setzen wir uns in ein straßencafé. der kellner verscheucht mit energischen gesten die zigeunerinnen, die einem aus der hand lesen wollen, und die tauben; gegen die letzteren benutzt er einen schlagstock. müssen denn die zigeuner hier nicht blond sein, damit sich die italiener besser abreagieren können?
«aber lebendige machen alle den fehler,
daß sie zu stark unterscheiden.»
in münchen dann schlage ich nach und erfahre, daß rilke sich zufällig in deutschland befand, als der krieg ausbrach. der gebürtige prager wurde über nacht staatenlos. fortan hatte er schwierigkeiten, für das ausland ein visum zu bekommen; dann kam der tschechische paß. doch

164 rilke betrat nie das land, dessen staatsbürgerschaft er erlangt hatte; bis zu seinem tod in der schweiz.
«rose, oh reiner widerspruch, lust
niemandes schlaf zu sein unter soviel lidern.»
dorthin gehe ich eines tages; dann kann er meinen besuch nicht mehr verweigern.

seit den achtziger jahren leide ich an einer unheilbaren krankheit; sie heißt knut hamsun;
schuld daran war luise rinser.
1979 brach die islamische revolution aus. und ich bereitete mich auf die heimkehr vor; da rief stefan rinser an: seine mutter will nach iran, um ein buch über die islamische revolution zu schreiben; ob ich sie begleite?
ich lernte luise rinser kennen und begleitete sie nach teheran.
ich sah meine stadt wieder – nach vierzehn jahren exil.
die ersten tage waren qualvoll. ich war aufgewühlt und verwirrt. ein wortfetzen auf persisch, ein baum, eine niedrige mauer oder die geste eines beliebigen passanten genügten; und ich mußte schluchzen. luise war in solchen momenten mehr als eine gute freundin. sie begriff meine verwirrung und ging gelassen damit um.
eines abends, wir saßen im hilton teheran im achtzehnten stock beim abendessen, da sagte sie:
«du mußt knut hamsun lieben!»
mit der ganzen weisheit eines zweiunddreißigjährigen sagte ich:
«er war ein faschist!»
sie schlug auf den tisch: «das verbitte ich mir. erst liest du ihn, dann sprechen wir darüber.»
als ich dann nach wochen aus teheran nach rom zu luise flog, lag auf meinem bett das buch «hunger».
«lies!» befahl sie mütterlich.

ich habe das buch in dieser nacht durchgelesen, und ich wußte, hamsun ist kein faschist.
das war der beginn meiner krankheit.
fortan las ich viel hamsun. manche romane zwei- bis dreimal. ich war fasziniert von seinen protagonisten. sie waren voller brüche, zeigten ihre wut und auch ihre rache. eine sehr romantische nähe zum tod zeichnete sie aus und die liebe zur erde sowie der haß auf technik und zivilisation.
ich las dann auch eine sehr gute biographie und das buch von tore hamsun über seinen vater, das zum teil auch die prozeßakte veröffentlichte. denn nach dem krieg stellten die sieger den sechsundachtzigjährigen hamsun wegen der kollaboration mit den nazis vor gericht.
eines tages ging ich wieder einmal ins antiquariat «asanin» in der münchner schellingstraße. herr asanin, serbe, radebrechte deutsch über die weltliteratur und sprach, wenn er gut gelaunt war, lange mit mir über deutsche literatur und auch über jugoslawien. er erzählte, er habe mit tito gegen die besatzer gekämpft und habe in der zeit bewußt deutsch gelernt.
an dem tag aber war herr asanin nicht gut gelaunt.
«was wünschen sie?»
ich sagte ihm, daß ich wieder einmal nach hamsun suchte. da er bereits wußte, daß ich keine erstausgaben kaufen konnte, zeigte er lustlos auf einen nebenraum und schrie: «karl!»
ein kopf erschien hinter einem bücherregal.
«der herr sucht hamsun.»

ich machte einige schritte auf den mann zu. klein, ein zerfurchtes gesicht, wirres haar, eine große brille. seine kleidung verriet, daß er auf sein äußeres keinen wert legte.
«was sind sie für ein landsmann?», fragte er militärisch.
dann hob er die hände und schrie: «ein iraner will hamsun lesen!»
noch bevor ich etwas sagen konnte, fragte er schroff: «in welcher sprache?»
ich sagte, ich könne hamsun nur auf deutsch lesen, da er nicht ins persische übersetzt sei.
«haha! hamsun auf deutsch!»
ich fragte ihn, in welcher sprache er denn hamsun lese.
«im original natürlich. hamsun muß man auf norwegisch lesen!» sein gesicht strahlte.
«wieso können sie norwegisch?»
er nahm haltung an: «mein herr, ich war soldat der deutschen wehrmacht in norwegen.»
gott, dachte ich, schon wieder ein nazi, der hamsun für sich einnehmen will.
«wenn man in einem land ist, muß man die sprache lernen, oder?»
«ja», sagte ich kurz.
er drehte sich um, winkte mir und ging zu einem regal. sein gang war plump und verriet, daß er mit dem rest der welt haderte.
«hier! hier ist hamsun!» dann wandte er sich mir zu und fragte wieder in seiner hämischen art:
«was kennen sie denn von hamsun?»

ich nannte einige romane.
«haha!» er warf seinen kopf zurück und lachte. dann ordnete er sein haar, schaute mir in die augen und sagte in einem melancholischen ton:
«wollen sie hamsun liebenlernen?» und er ließ mir wieder keine zeit für eine antwort.
«dann lesen sie ‹eine ganz gewöhnliche fliege›.»
«ist das buch auch in diesem regal?»
«ich weiß es nicht!» sagte er schroff und verschwand.
das buch fand ich nicht. also bestellte ich es über die stadtbücherei. eine kurzgeschichte von etwa zwei seiten.
«unsere bekanntschaft fing damit an, daß sie eines tages geflogen kam und einen tanz um meinen kopf begann. sie fühlte sich offenbar von dem spiritus in meinem haar angezogen. ich schlug einmal ums andere nach ihr, aber sie kümmerte sich nicht darum. da griff ich nach der papierschere.»
so fing die geschichte an und endete mit mord und einsamkeit.
als ich sie zu ende gelesen hatte, war mir knut hamsun viel näher gerückt mit seiner fast unerträglichen reibungsfläche für die welt. ich hatte aber auch viel mehr respekt gewonnen vor dem deutschen soldaten, der in norwegen die sprache lernte, knut hamsun entdeckte und mir diese geschichte empfahl.

«allons enfants de la patrie/ le jour de gloire est arrivé.» zu den klängen der marseillaise treten meine mäuse zusammen. «an die waffen, bürger!/ schließt die reihen!» sie haben unser lied nicht vergessen – als einzige. «zittert, tyrannen ...», dann greifen wir die welt an.
ich habe lange gezögert. doch die poesie ist nicht mehr die form der brüderlichkeit; die luft ist unerträglich geworden. sie muß gereinigt werden von souffleuren und speichelleckern. ihnen werden wir die luft abschneiden und sie dann begraben. nein! das tun wir der heiligen erde nicht an. wir werfen sie in den fluß. fortan kennt der himmel keinen denunzianten mehr. ob auch der reim dann wiederkehrt?
wir reißen jede mauer nieder, die eine niedertracht verdeckt, und kreisen die welt mit brennendem unterholz ein, bevor sie aus ihrem winterschlaf erwacht. dann zertrampelt meine armee den troß der despoten und pfaffen und jene luftgeister aus weimar mit metaphysischen flügeln. der heilige antonius, der schutzpatron der schweigenden, wird uns beistehen.
unsere armee wird siegen, auch ohne den reim – die heuchelei ist sich ihrer fresse sicher. sodann ist die staatskrankheit geheilt und das verstummen. denn hier sind alle krank, die nicht wahnsinnig geworden – wir aber werfen niemanden in den turm.
doch dort war meine sprache sicher. niemand gelang es, sie zu entschärfen. denn ich verwehrte eindringlingen

den zugang zu meinem wort – zur not spielte ich klavier gegen sie. und wir waren glücklich. einen hut voll englischer freiheit, eine handvoll französische republik hätte uns genügt, und der aufstand wäre obsolet geworden.
dennoch im turm wagte ich nicht zu schlafen; jahrein, jahraus bewachte ich mein wort gegen die allberechnenden barbaren. niemandem war es gelungen, sich mit mir zu verständigen. keine einzige silbe meines schweigens habe ich preisgegeben. und so wiegten sich alle in sicherheit und meinten, der rückzug habe mich zu einem stein gemacht, der, vom zufall gelenkt, über die oberfläche eines stillen teiches schlittert.
und niemand hat mein letztes gedicht gefunden. ich steckte es in meine hosentasche, bevor man mich in den turm steckte. erst wenn meine armee gesiegt hat, trage ich es vor – für mäuse und madame histoire. mein gedicht – ein wanderer zwischen den welten – bricht die monotonie der herrschenden sprache auf. die reste der talmisprache werfe ich meinen mäusen vor – hielten sie doch zu mir in den sechsunddreißig jahren der schlaflosigkeit und wachten neben meinem geretteten wort.
das erzählten sie mir kurz vor dem sturm. sie sagten auch, sie wollen über sich hinauswachsen. und ich sagte, ich wolle das nicht für mich. ich wolle allein bleiben mit meiner sprache ohne eine fassade; denn ich will nicht mehr gefangener sein.
unser sieg wird blutig. hernach aber wird es keinen meldegehorsam mehr geben. was mit den besiegten geschieht? keiner von uns will die antwortlosen larven be-

rühren. rache war nie meine leidenschaft; das wissen auch meine soldaten. ich werde anordnen, den kurfürsten mit genug stroh zu versorgen und ihn beim fressen nicht zu inkommodieren. jedoch bleibt er bis zum ende seiner tage mündel der mäuse.

ich aber werde nur betrachter sein. man wird dann sagen, er ernähre sich vom landregen und den erträgen des windes. er weine nicht, lache nicht und schreie nicht – die vertikalen ränder seiner poesie seien vergangenheit. nachts fliege er zuweilen bis nach griechenland.

ich fliege bis zum schloß, in dem der kurfürst allein sitzt mit seinem stroh, bleibe flatternd vor seinem fenster und schaue hinein: niemand da. ob der tyrann entkommen ist?

wer hat uns die botschaft gesteckt, daß unsere sprache bedroht sei? ein ganzes bataillon von würmern hätte es darauf abgesehen. diesmal können nicht einmal die mäuse unsere sprache vorm zerfall schützen.

wir beschließen, nicht mehr nach griechenland zu fliegen. diotima habe das land unserer träume durch eine hintertür verlassen; mögen die entflohenen götter sie schonen. plötzlich sprechen wir eine neue sprache. «muri», sagen wir, kehren in den turm zurück und legen uns hin. erst jetzt merken wir, wie müde wir sind; der flug war anstrengend. dann geht die tür auf, und lotte erscheint. «muri!» schreie ich.

sie legt die hand auf unsere stirn: «sie müssen sich ausruhen, herr bibliothekar.» ob wir angst hätten, man könne unserem schweigen etwas antun. aber sie bleibe bei mir

und werde es nicht zulassen. «und überhaupt, herr hölderlin, wer wagt, sie anzutasten nach unserem sieg?»
wir bitten, türe und fenster aufzulassen für den fremdling, der kommen wird. schließlich holen wir das letzte gedicht aus der tasche und prüfen, ob dieses als paßwort geeignet sei für den, der die abgebrannten ränder der welt bereist – auf der suche nach einem unschuldigen land für seine poesie. dann übermannt uns die angst, daß wir in schlaf fallen könnten, wenn er kommt. so setzen wir eine erklärung auf – für ihn und die nachgeborenen.
«ich, scardanelli, geboren am neckar im jahr neunzehn vor der großen revolution, und seither jakobiner, erkläre feierlich, daß ich niemals in griechenland gewesen und auch nicht in bordeaux. daß ich niemals lotte zimmer vergewaltigt, niemals im traum für meine mutter masturbiert und niemals an geistiger umnachtung gelitten habe. die deutschen aber haben aus mir eine metapher gemacht, nachdem sie mich nicht haben assimilieren können.
mit untertänigkeit
scardanelli»

Aus dem Verlagsprogramm

Christina Friedrich
Morgen muss ich fort von hier. Roman
204 Seiten. München 2008

Nico Bleutge
Fallstreifen. Gedichte
80 Seiten. München 2008

Harald Weinrich
Vom Leben und Lesen der Tiere.
Ein Bestiarum
138 Seiten. München 2008

Aravind Adiga
Der weiße Tiger. Roman
Aus dem Englischen von Ingo Herzke
318 Seiten. München 2008

Gilbert Adair
Und dann gab's keinen mehr.
Evadne Mounts dritter Fall. Roman
Aus dem Englischen von Jochen Schimmang
272 Seiten. München 2008

Diane Broeckhoven
Herrn Sylvains verschlungener Weg zum Glück. Roman
Aus dem Niederländischen von Jörn Pinnow
159 Seiten. München 2008

Jay Parini
Tolstojs letztes Jahr. Roman
Aus dem Englischen von Barbara Rojahn-Deyk
359 Seiten. München 2008

Kurt Drawert
Ich hielt meinen Schatten für einen anderen und grüßte.
Roman
317 Seiten. München 2008

Frauke Meyer-Gosau
Einmal muss das Fest ja kommen!
Eine Reise zu Ingeborg Bachmann
235 Seiten mit 10 Abbildungen. München 2008

Weitere Werke von SAID bei C.H.Beck

SAID
Psalmen
Mit einem Nachwort von Hans Maier
112 Seiten. München 2007

siehe oh herr
ich rufe deinen namen
mit dem wehgeruch der felder
mit dem ruf des kieselsteins nach der mulde einer hand
dann wären wir zwei tauben
denen man keine botschaft anvertraut

Seit langem schreibt SAID, der eine unkonventionelle und nichtkonfessionelle Spiritualität sucht und um sie ringt, Psalmen. Die biblischen Psalmen, die die gesamte geistliche Dichtung bis heute prägen, haben Vorbilder in der altorientalischen Literatur, und wer könnte sich mehr berufen fühlen als SAID, dessen lyrische Sprache immer auch von der persischen Tradition zehrt, diese uralte Form des religiösen Gesangs und Gebets auf eine zeitgemäße Art aufzugreifen und mit neuem Sinn zu füllen?
Nichts in seinen Psalmen ist selbstverständlich, auch nicht das Verhältnis zum angerufenen Gott, alles ist radikal offen und neu. SAIDs Psalmen lassen niemanden kalt, und sie lassen nichts aus, nicht die Katastrophen und Konflikte der Geschichte, nicht die Sprache der Gegenwart, nicht die Nöte des Alltags, nicht die Lust, die Sehnsucht, die Angst vor dem Tod.
Nach dem Ende der großen Utopien, einem weltweiten Sieg des Marktes und den Weltmächten und Weltkonzernen ausgesetzt, sehnen sich nicht wenige Menschen nach einem Sinn jenseits des Konsums und des Körpers, und viele greifen zurück auf konventionelle Traditionen und Rituale, auch der Religion, obwohl sie hoch anfechtbar sind. SAID bewegt sich mit seinen Psalmen in einem Raum des Religiösen, der offen bleibt für alle Fragen, die wir hier haben, und er läßt keine dieser Fragen aus.

SAID
Das Rot lächelt, das Blau schweigt.
Geschichten über Bilder.
111 Seiten. München 2006.

Seit Jahrzehnten beschäftigen SAID bestimmte Gemälde und Zeichnungen, Aquarelle und Holzschnitte von Künstlern wie Caravaggio und van Gogh, Mark Rothko oder Balthus. Nun legt der Dichter einen ungewöhnlichen Band von Geschichten vor, die nicht versuchen, diese Bilder zu interpretieren, sondern sich assoziativ in sie hineinzubegeben und so den dargestellten Figuren, Landschaften und Farben eine eigene Stimme verleihen.
In seinem außergewöhnlichen Buch gelingt SAID eine ganz neue Annäherung von Malerei und Literatur, die sich als Echo auf große Kunst entfaltet.